KB001713

김영철전

먼 길 돌고 돌아 고향 땅에 닿았으나

25

김영철전

먼 길 돌고 돌아 고향 땅에 닿았으나

전국국어교사모임 기획 · 권혁래 박재연 양승민 글 · 윤봉선 그림

Humanist

'국어시간에 고전읽기' 시리즈를 펴내며

고전을 읽어야 한다는 가르침은 어릴 때부터 귀가 따가울 만큼 들었다. 그러나 몸소 이를 따르는 사람은 흔치 않다. 종종 고전을 가까이하는 사람들이 있는데 이들은 대체로 삶을 헛되이 보내지 않고 훌륭한 일을 이루어 세상에 뚜렷한 이름을 남겼다. 고전 안에 그만큼 값진 속살이 들어 있기 때문이다.

고전이 이처럼 깊은 가치를 지녔는데 어째서 고전을 읽는 사람은 흔치 않을까? 아마도 고전이 사람을 쉽게 끌어당겨 주지 않기 때문일 것이다. 고전은 우리에게 섣불리 손짓을 하지도, 눈웃음을 치지도 않는다. 고전은 끈기를 가지고 파고들어 오는 사람에게만 마지못한 듯이 웃음을 지으며 속내를 털어놓는다. 고전은 요즘보다 훨씬 무뚝뚝하던 옛날에 이루어진 삶이며 글이기 때문이다.

그래서 우리는 청소년들이 고전을 즐겨 읽을 수 있도록 마음을 다했다. 뻣뻣하고 까칠한 고전을 달래서, 부드럽고 친절하게 청소년을 끌어당기도록 손을 쓰고 공을 들였다. 멋없이 무뚝뚝하던 고전을 정성껏 매만져서 두 팔을 활짝 벌리고 청소년들을 끌어안을 수 있도록 탈바꿈했다.

고전은 이제 온전히 겉모습을 바꾸어 청소년들을 맞이할 것이다. 자칫 속살까지 탈바꿈한 것처럼 보일지 몰라도 책을 읽다 보면 예스러운 고전의 맛과 멋을 한껏 느낄 수 있을 것이다. 우리는 무엇보다도 고전이 고전다운 속내와 뼈대를 온전하게 지니도록 하는 데 힘을 쏟았다.

고전은 시공간을 뛰어넘고, 나라와 겨레를 뛰어넘어 세상 모든 사람에게 큰 울림을 준다. 《시경》, 《탈무드》, 《오디세이아》, 셰익스피어와 괴테의 작품이 세상 모든 이에게 가르침을 주듯이, 우리의 고전도 모든 이에게 값진 가르침을 줄 것이다. 가르침이 서로 다르기는 하지만 높낮이가 있는 것은 아니다. 그러므로 세상 고전을 두루 읽어야 하는 것이나, 우리는 우리네 고전부터 읽는 것이 마땅한 차례다.

이런 뜻으로 전국국어교사모임에서 '국어시간에 고전읽기' 시리즈를 펴낸 지 십 년이 되었다. 누구나 두루 즐기며 읽을 수 있도록 쉽게 풀어 쓰고 맛깔나고 재미있는 작품으로 재창조하려고 무던히도 애썼다. 다행히도 많은 독자로부터 분에 넘치는 사랑을 받았고, 우리 고전을 가까이하고 즐기는 청소년들이 많이 늘어 고마울 따름이다.

지난 십 년처럼 묵묵하게 이 시리즈를 이어 갈 생각으로 첫 마음을 되새기며 글과 그림을 더하고 고쳐 좀 더 새로운 얼굴의 우리 고전을 세상에 다시 내놓으려 한다. 이 책을 통해 우리 청소년들이 풍성하고 가치 있는 고전의 바다에 풍덩 빠질 수 있기를 기대해 본다.

2012년 11월
전국국어교사모임

《김영철전》을 읽기 전에

여러분, 김영철이라는 이름을 들어 보신 적이 있나요? 김영철은 1600년대에 조선에 살았던 전쟁 포로 출신의 중인입니다.

오랜 시간 동안 인류는 크고 작은 전쟁을 겪어 왔습니다. 우리는 역사를 통해 전쟁의 고통이 얼마나 큰지 잘 알고 있습니다. 명분 없는 전쟁은 없지만, 전쟁이 한번 일어나면 우리의 모든 일상은 파괴되고 맙니다. 전쟁 중에 내가 소중히 여기는 것들은 어떻게 지킬 수 있을까요? 김영철의 삶을 생각하다 보면 이런 질문을 하게 됩니다.

16세기 말에서 17세기 전반, 조선에는 큰 전쟁이 연이어 일어났습니다. 영화 〈명량〉과 〈활〉에도 그려졌지만, 임진왜란과 병자호란 때 일본과 청나라가 조선을 침입하면서 임금이 피란 가고 집과 밭은 불타고 많은 백성들이 죽거나 포로로 끌려갔습니다. 이러한 아픈 현실과 전란 체험을 그린 소설이 〈최척전〉, 〈김영철전〉, 〈위경천전〉, 〈임경업전〉, 〈배시황전〉 등입니다. 그중 〈김영철전〉은 1619년에 일어난 심하 전투(조선과 후금과의 전쟁)와 이후 명나라와 청나라 간의 여러 전쟁을 제재로 한, 최초의 본격 역사 소설로 꼽히는 소설입니다.

〈김영철전〉은 조선 광해군 조에 일어난 심하 전투에서 전쟁 포로가 되었던 김영철이라는 사람의 삶을 그린 소설입니다. 소설의 주인공 김영철은 허구적 인물인지 실제 인물인지를 판가름하기 힘들 정도로 사실성과 형상화가 뛰어난 인물입니다. 김영철은 스무 살 즈음인 1619년 심하 전투에 출전하였다가 후금의 전쟁 포로가 되었고, 10여 년 뒤 가까스로 중국을 탈출하여 조선으로 돌아왔습니다. 고국에 돌아온 뒤에도 그는 청나라와 명나라의 전쟁에 다시 여러 번 파견되어 고생하였습니다. 그는 청나라, 명나라, 조선 3국에서 세 번이나 결혼하여 처자식을 두었던 특이한 인생을 산 사람입니다. 영철의 인생에서 가장 행복했던 결혼 생활은 언제였을까요? 소설의 작가는 온갖 어려움을 이기고 고향으로 돌아온 영철을 칭찬하는 것 같지만, 소설을 읽어 보면 정작 본인은 별로 행복해하는 것 같지 않습니다. 누군가는 〈김영철전〉이 '효'와 '부부애'의 가치가 충돌하는 작품이라고 하였습니다.

영철의 삶은 일찍이 〈김영철유사(金英哲遺事)〉라는 제목의 실기(實記)로 기록되었고, 이에 바탕하여 〈김영철전〉이라는 소설이 창작되었습니다. 이 소설을 읽으면서 17세기라는 역사의 격변기에 자신의 목숨과 가족을 지키기 위해 애썼던 한 사람의 인생에 대해 생각해 봅시다.

2017년 9월
권혁래

차례

 이야기 속 이야기

제가 만 번 죽을 위험을 무릅쓰고

도망쳐 돌아왔는데,

몇 번이나 다시 종군하여 바다와 육지로

가 보지 않은 **전쟁터**가 없습니다.

북경

건주

영유현

심하 전투에 출전하다

명나라 만력 말, 조선 평안남도 영유현에 김영철이란 사람이 있었다. 그의 증조할아버지 김유한은 무과에 올랐으나 일찍 죽어 벼슬에 나아가지 못했고, 할아버지 김영개 또한 무예로 공을 세웠으나 갑작스레 병을 앓아 벼슬할 마음을 버리고 시골에서 늙어 죽었다. 김영개는 아들 여관을 낳았고, 여관은 영철을 낳았다. 영철은 어려서부터 기상이 뛰어났으며, 병서를 배우고 활쏘기와 말타기, 검술을 잘하여 고향에서 이름이 났다. 세월이 흘러 영철의 나이 스무 살이 되었지만 집이 가난

---

* 이 책의 원본은 박재연 소장 한문 필사본이다. 필자는 양승민 선생의 한문 입력본을 받아 이를 대본으로 하여 번역하고, 다시 이를 쉬운 문장으로 윤문하였다.
* **만력**(萬曆) 명나라 만력제(萬曆帝, 1573-1620)의 연호.
* **영유현**(永柔縣) 평안남도 평원군의 조선 시대 이름.

하여 아직 장가를 못 들고 있었다.

후금국을 세운 여진족이 무오년(1618)에 몇 차례 명나라 변방을 침략하였다. 이에 만력제가 노하여 경략 양호, 제독 유정, 유격장군 교일기에게 명하여 대군을 이끌고 건주위를 공격하도록 하였다. 또한 조선에 지원병을 요청하니, 조선 조정에서는 판윤 강홍립을 도원수로 임명하고 동지 김경서를 부원수로 삼아 정예병 이만 명을 뽑아 가도록 하였다. 그리고 영유현 현령 이유길은 좌영 천총이 되어 영유현에서 군사를 모아 도원수가 이끄는 군대에 합류하였다. 이때 영철과 영화(영철의 작은할아버지)가 함께 군사로 선발되었다. 전쟁터로 떠날 때가 되자 영철의 할아버지 영개가 그 아우 영화를 불러 말하였다.

"비통하구나. 이제 내 아우와 손자가 함께 사지(死地)로 떠나게 되었구나. 내게 손자는 영철이 하나밖에 없는데, 만약 네가 살아 돌아오지 않으면 우리 조상의 제사는 누가 모신단 말이냐!"

하고 탄식하니, 부자 형제가 이별의 눈물을 흘렸다. 영철이 슬픔을 참고 눈물을 닦으며 할아버지와 아버지에게 말하였다.

- '胡(호)'를 여진족이라 번역하였다.
- '경략, 제독, 유격장군'은 명나라 사령부에 속한 무관 벼슬 이름.
- **건주위**(建州衛) 중국 남만주 지린(吉林(길림)) 지방의 옛 이름.
- **판윤**(判尹) 조선 시대에 둔, 한성부(서울의 행정, 사법 업무 등을 맡아보던 관청)의 으뜸 벼슬. 요즘으로 치면 '서울시장'에 해당.
- **도원수**(都元帥) 전쟁이 났을 때 군대에 관한 업무를 통괄하던 임시 무관 벼슬.
- **동지**(同知) 동지중추부사(조선 시대에, 중추부에 속한 종이품 벼슬).
- **부원수**(副元帥) 전쟁 시에 임명하던 임시 벼슬. 도원수나 상원수 또는 원수에 다음가는 군의 통솔자이다.
- **천총**(千摠) 조선 시대에, 각 군영에 속한 정삼품 무관 벼슬.

"할아버지, 아버지, 너무 염려하지 마세요. 적들의 형세를 아는 이들이 모두 말하는데, 머지않아 적들은 모두 소탕된다고 합니다. 적들과 싸워 크게 이긴 후에 개선가를 부르며 돌아올 것입니다. 그때 일가 식구들 모두 만나 서로 부둥켜안고 술을 마시며 기뻐할 것이니, 부디 그날을 기다려 주세요. 만약 일이 잘못되어 전쟁터에서 죽는다 해도, 이는 신하 된 자의 마땅한 도리를 다하는 것이니 어찌 슬퍼할 까닭이 있겠어요? 만약 제가 죽지 않고 포로가 된다면 반드시 탈출해서 고향으로 돌아오겠습니다. 할아버지, 부모님 모시고 효도를 다할 것을 맹세하니, 부디 몸 건강히 계세요."

북쪽 여진족 병력이 아직 강성하지 않아, 군사로 뽑힌 사람들이 이를 알고 호기롭게 말하기도 했는데, 영철은 그런 말을 듣고 이와 같이 말한 것이었다.

그해 8월, 조선 병사들이 창성에 주둔하고 명나라 병마는 심양에서 진을 쳤으니, 장차 가을과 겨울 사이에 합세하여 여진족을 공격할 생각이었다. 조선 군사 이만 명은 모두 정예병이고 기개와 용맹이 뛰어나 일전을 벌이기를 원하였다. 이에 명나라 경략 양호와 장수들이 서로 상의하여 말하였다.

"장군, 오랑캐 땅은 일찍 겨울이 오고 눈이 오는데, 남쪽에서 온 군사들은 본디 추위에 약합니다. 지금 공격하면 반드시 낭패를 볼 것이니, 내년 봄을 기다려 만전을 기하여 조선군과 함께 총진격하는 것이 좋을 듯하옵니다."

명군이 출전 연기를 결정하니, 이에 조선 병사들은 창성에서 다시 겨울 석 달을 주둔해야 하였다. 겨울이 되자 눈이 쌓여 정강이까지 빠지고 매서운 바람은 뼈를 쪼개니, 군사들이 사기가 꺾여 모두 전의를 잃었다. 경략 양호가 거느린 십만 군병은 심양에서 진을 치고 있었는데, 많은 군사가 멀리 남방에서 올라오느라 피로에 지쳐 있었다. 또한 농민 출신이 많아서 군사력이 형편없었다.

1619년 2월, 경략 양호가 드디어 출전을 결정하였다. 명의 사자(使者)가 조선 창성으로 격서(檄書)를 가져와 출전을 재촉하였다. 이때 주장 강홍립이 신릉군의 고사를 써서 명령을 내렸다.

"부자가 모두 군중에 있거든 아비는 돌아가고, 형제가 모두 군중에 있거든 형은 돌아가라."

영유현 사람 가운데 최충, 최상 형제가 본디 고을에서 효와 우애로 칭송받는데, 형제가 모두 종군하였다. 군령에 의해 형 최충을 집으로 돌아가게 하고 동생을 진중에 머무르게 하니, 최충이 주장에게 와서 말하였다.

"장군, 저는 본디 신체가 강건하고 병이 없으나, 동생은 약하고 병이 많습니다. 바라옵건대, 병이 없는 제가 군중에 남고, 병약한 동생을 집으로 돌아가게 하여 노모를 봉양하도록 해 주십시오."

이 말을 들은 동생이 말하였다.

• **창성(昌城)** 평안북도 서북부에 위치한 지명.
• **주장(主將)** 우두머리가 되는 장수.
• **신릉군의 고사** 사마천의 《사기》 가운데 〈신릉군 열전〉에 나오는 이야기.

"장군, 형의 말은 옳지 않습니다. 또한 군령을 어길 수는 없는 것입니다. 제가 비록 병이 있지만, 창을 잘 쓰니 마땅히 제 임무를 다할 수 있습니다. 어찌 형을 전장으로 보내고 제가 빠질 생각을 하겠습니까?"

형제가 모두 돌아가지 않겠다고 다투니, 주장이 그들을 어질다고 여겨 형제가 함께 돌아가 노모를 봉양하도록 하였다. 이에 영화가 영철의 손을 잡고 주장 앞에 나아가 울며 말하였다.

"장군, 소졸(小卒)의 늙은 형에게 남은 핏줄은 이 손자뿐입니다. 형이 손자와 이별할 때 울며 후사가 끊어질까 슬퍼하였는데, 지금 생각해도 그 모습이 슬프고 참담합니다. 소졸과 영철은 비록 부자간이나 형제간은 아니지만, 또한 할아비와 손자의 의리가 있으니, 그 정은 아비가 아들을 대함이나 형이 아우를 대함과 무엇이 다르겠습니까? 주장께서 영철을 보내시어 늙은 형의 마음을 위로하도록 해 주신다면, 소졸은 죽을힘을 다하여 그 은혜를 갚겠습니다."

주장은 영화의 청을 허락하지는 않았지만, 그 마음을 매우 의롭게 여겼다.

조선과 명나라 병사가 마침내 합류하여 앞을 다투어 깊이 들어가 경마전(景馬田)에 이르렀다. 강홍립이 경략 양호에게 협공하는 계략을 내니 경략이 매우 기뻐하고 좌영장인 선천 부사 김응하에게 오천 병사를 주어 선봉으로 삼았다. 영유현의 병사들은 좌영에 속하였기 때문에, 영화와 영철은 김응하 장군에 속하여 선봉에 섰다.

● **좌영장**(左營將) 왼쪽 군영의 우두머리 장수.

3월 3일, 우모령(牛毛嶺)에 도착하였다. 4일 날이 밝자 호병이 조·명 연합군을 급습하였다. 누르하치가 그의 큰아들인 귀영가에게 정예병 수만 명을 주니, 귀영가가 경략 양호의 군을 먼저 쳐서 대파하고, 곧이어 조선군 좌영을 공격하였다. 김응하는 도원수 강홍립에게 급히 전령을 보내어 구원병을 요청하였으나, 강홍립은 급히 산 위로 올라가 진을 치고 산 밑 강가에 군사들을 주둔시킬 뿐 구원병은 보내지 않았다. 이에 부원수 김경서가 홀로 말을 달려 고개로 올라가 호병의 허실을 살펴보고는 돌아와 강홍립에게 말하였다.

"장군, 호병이 명군과 오랫동안 대치하고 있다가 명군을 공격한 뒤로 긴장이 풀리고 피로하여 혹 진영 앞에서 쓰러져 쉬기도 하고, 혹은 말 위에서 피곤하여 자기도 합니다. 이때를 틈타서 대군을 급히 움직여 공격한다면 좌영을 구하고 호병들을 물리칠 수 있습니다."

그러자 강홍립은 아무 말도 않고 차고 있던 비단 주머니에서 밀서(密書)를 꺼내 보였다. 이는 강홍립이 한양에서 출병하는 날, 광해군이 몰래 전한 친서였다. 편지에는 다음과 같이 쓰여 있었다.

우리나라와 호국은 본디 원한 진 것이 없으니, 만약 우리 군이 명군을 도와서 호국을 물리친다면 아주 좋은 일이다. 다만 형세가 불리하면 뒤에 반드시 해로운 일이 생길 것이니, 함부로 군사를 움직이지 말라.

김경서가 밀서를 읽고는 한마디도 하지 못하였다. 사관 이민환과 여러 장수도 어찌할 바를 몰라 서로 돌아보고 참혹해 할 뿐이었다.

이날 좌영장 김응하는 몸을 던져 아침부터 저녁까지 싸웠으니, 소리치는 모습은 천둥과 같고, 싸우는 모습은 번개가 달리는 것 같았다. 누르하치의 둘째 아들이 크게 소리 지르며 돌진할 때 김응하가 화살을 쏘아 죽이니, 적병이 조금 물러났다. 귀영가가 칼을 휘두르며 싸움을 독려하자 호병이 조선군을 삼면으로 둘러싸며 공격하였다. 이때 천총 이유길, 고수 등이 힘을 다해 싸우다가 죽었다. 병사들 또한 한 사람도 도망가거나 흩어지는 자가 없었으니, 사력을 다한 전투였다. 그러나 적의 수가 조선군보다 훨씬 많았고, 조선군의 탄환과 화살마저 바닥났다. 마침내 적은 병력을 더하여 조선군을 포위해 왔다. 김응하가 전세가 기운 것을 알고도 버드나무에 기대어 화살을 뽑아 발사하니, 화살마다 명중하였고 맞은 자는 모두 죽었다. 적들이 거의 물러나려고 할 때, 불행히도 김응하의 활이 부러지고 화살도 떨어졌다. 이에 적들이 다시 소리를 지르며 포위하여 공격하였다. 적의 화살이 비처럼 쏟아지더니 김응하의 갑옷을 뚫고 살갗을 꿰뚫었다. 마침내 김응하가 죽음에 이르렀으나, 쓰러지지 않고 칼을 쥐고 눈을 부릅뜨고 서 있었다.

아, 위대하도다, 장군이여! 옛날 선수(先輸)가 죽었으나 산 것 같다 했는데, 이제 장군이 죽었으나 죽지 않았으니 "천지에 우뚝하고 만고에 뻗어 가 사라지지 않으리라."라고 할 만하다. 아, 위대하도다!

* **사관**(史官) 역사의 편찬을 맡아 초고(草稿)를 쓰는 일을 맡아보던 벼슬. 또는 그런 벼슬아치.

명나라를 돕기 위한 대규모 파병

김영철이 스무 살 무렵에 처음 출전한 전투가 '심하 전투'예요. 명·청 교체기에 명나라와 청나라가 자주 전쟁을 벌였는데, 심하 전투도 그 가운데 하나이지요. 당시 참전한 조선 장수가 전투지인 부산촌 지역에 흐르는 강을 '심하(深河)'라고 해서 이 전쟁을 '심하 전투' 또는 '심하 전역'이라고 불렀다고 하네요. 그렇다면 '심하 전투'에 대해 좀 더 자세히 알아볼까요?

심하 전투에서 강홍립이 이끄는 조선군과 후금군이 맞서 있는 장면

의리를 지키기 위한 대규모 파병

심하 전투는 조선 광해군 때인 1619년 강홍립 장군이 이끄는 조선 부대가 중국 요녕성 심하 지역에서 명군과 연합하여 후금군과 벌인 전투를 말해요. 이 전쟁은 우리나라가 최초로 대규모 부대를 해외로 파병한 전쟁입니다. 하지만 수많은 병사들이 죽거나 포로가 된, 가장 손실이 컸던 전쟁으로 기억되고 있지요.

명나라의 국력이 쇠하자 1617년 누르하치는 여진족들을 통일하여 후금이라는 나라를 세우고 명나라 동북 지방을 장악하기 시작해요. 이에 1618년 명나라 조정에서는 조선에 대규모 구원병을 요청하지요.

강홍립 장군은 평안도·함경도 지역에서 군사를 모집하여 1619년 2월 1만 3천 명의 병력을 이끌고 평안도 창성에서 압록강을 건넜어요. 그리고 명나라 유정 장군이 이끄는 1만 명의 군사와 연합하여 3월 3일까지 중국 요녕성 지역으로 진격했습니다. 운명의 날인 3월 4일, 조·명 연합군은 누르하치가 이끄는 후금군 3만 명에게 급습을 당합니다.

심하 전투의 현장, 부산과 부찰 벌판

부산(釜山)은 강홍립의 중군이 3월 4일 밤 진을 쳤던 것으로 추정되는 곳이에요. ③은 강홍립이 부찰(富察) 벌판에서 천 걸음 떨어진 곳에서 내려다본 곳으로 추정되는 지점이고,

부산 부찰 벌판 (사진 촬영 신춘호)

②는 강홍립이 이끄는 중영군 5000명이 오글거리며 밤새 진을 쳤던 곳이며, ①은 명나라 교일기 장군이 전쟁에서 패한 뒤 절벽에서 떨어져 자살했다고 추정되는 곳입니다. 부산은 높이가 60미터밖에 안 되는 작은 산이지만, 이 언덕이 있어 중영군 5000명은 목숨을 부지할 수 있었어요. 이 산의 정상에서는 예전에 조선군이 파묻어 놓은 활과 화살, 칼 등이 발굴되어 중국 박물관에 전시되었다고 합니다.

④는 강홍립과 장졸들이 부찰 벌판을 내려다본 지점의 바로 밑이며, ⑤와 ⑥은 좌영군과 우영군 8000여 명이 몰살당한 곳입니다. ⑦의 지점쯤에서 이튿날 강홍립이 귀영가에게 투항하지 않았을까요.

상처만 남은 전쟁

조선군 부대는 3월 4일 하루 동안 벌어진 심하 전투에서 8000여 명을 잃었고, 명나라 군은 1만 명이 전사했습니다. 조선군은 후금군의 포로가 되어 누르하치가 주둔한 허투알라 성으로 이동하여 근처의 농가 등에 갇혀 있었는데, 이들 중 일부가 감시가 소홀해진 틈을 타 탈출하기도 했어요. 1620년 7월까지 탈출하여 돌아온 포로가 2700

강홍립 장군이 투항하는 장면

여 명인 것으로 보고되었습니다. 당시 조선군이 탈출하던 길가에는 달아나다가 굶주려 죽은 조선군 시신이 즐비했으며, 포로로 잡혀 있다가 죽은 병사도 500~600명에 달했다고 하네요. 1000~1500명은 돌아오지 못하고 후금 군인들의 가노나 농노가 되어 말 키우는 일이나 농사일에 종사했다고 합니다. 이들은 뒤에 청나라 백성이 되었겠지요.

건주에서 가노가 되다

이때 영철은 왼쪽 어깨에 화살을 맞았고 영화 또한 중상을 입었는데, 칠흑 같은 밤에 산기슭을 타고 와서 강홍립 장군이 진을 치고 있는 언덕으로 귀환하였다. 좌영 오천 군사 가운데 살아 돌아온 자는 백여 명뿐이었다. 전에 강홍립이 통사 하서도를 보내어 호병과 화친을 맺었는데, 3월 5일 강홍립이 사졸들과 함께 적진에 가서 항복하였다. 이에 만주 누르하치가 크게 기뻐하여 강홍립을 매우 후하게 대접하였다.

당초에 강홍립이 출전하면서 항왜병 삼백 명을 뽑아 원수 밑의 친위병으로 삼았는데, 강홍립이 항복하면서 만주에게 특별히 항왜병을 추천하며 말하였다.

"만주, 지금 천하는 명나라와 후금이 양립할 수 없는 형세입니다. 만주께서 천하를 경영하려 하신다면 반드시 이 왜병들을 사용하십시오.

이들은 칼을 잘 쓰고 용맹하여 당할 적이 없으니, 일당백 강병(強兵)입니다."

만주가 이 말을 듣고 크게 기뻐하며 명을 내려, 다음 날 항왜병들의 검술을 시험해 보기로 약속하였다. 왜인들이 이 명령을 듣고 기쁜 마음을 숨기고 칼을 만지며 서로 말하였다.

"우리 삼백 명이 마음과 힘을 합친다면 오랑캐 십만 명은 능히 죽일 수 있다. 만주가 내일 우리의 검술을 시험한다고 하니, 검무를 시작할 때 먼저 만주를 죽이고 나머지 오랑캐를 죽여 없애자. 그런 뒤에 우리 장군을 모시고 조선으로 돌아간다면, 누가 우리를 막을 수 있겠는가?"

이날 밤, 호병 가운데 한 사람이 그 꾀를 정탐하고 급히 만주에게 알리자 만주가 크게 놀라 왜병을 모두 죽일 계획을 세웠다. 다음 날 항왜병들은 거사를 치르기도 전에 누르하치에 의해 몰살당하였다.

이때 항복한 조선군들 중에 원망하는 사람이 많았다. 누르하치는 조선군들이 혹시 변란을 일으킬까 두려워해서 모두 죽일 생각도 하였으나, 결행하지 못하고 있었다. 공교롭게도 조선의 한 장교가 며칠 전 호병의 목 벤 것을 감추어 두고 미처 버리지 못했다가 호병들에게 들

---

* **통사**(通事) 통역하는 일을 맡아보던 벼슬아치.
* **만주**(滿住) 건주 여진족의 가장 존귀한 칭호. 누르하치가 이를 계승해서 사용하였다고 한다.
* **항왜병**(降倭兵) 임진왜란 중에 조선에 항복하여 정착한 일본인 병사들을 말한다.
* **다음 날 ~ 몰살당하였다.** 원작에는 이러한 내용이 없으나, 내용 전개상 필요하다고 생각하여 역자가 추가한 부분임.

컸다. 이 소식을 들은 만주는 크게 노하여 조선 군사들을 모아 놓고 의복이 화려하고 용모가 빼어난 이들을 골라내며 말하였다.

"이 자들은 조선의 소위 양반 장교들이니 쓸모가 없다. 모두 죽여 버려라!"

이에 호병들이 이들을 동문 밖으로 끌어내어 모두 처형하였다. 이날 영철의 작은할아버지 영화가 먼저 처형을 당하고, 영철 또한 막 죽게 될 찰나였다. 호상 가운데 아라나라는 자가 있었는데, 영철을 한동안 지켜보더니 그의 손을 이끌고 만주 앞에 나아가 말하였다.

"만주, 이자는 나이가 어리고 장교도 아닌 것 같습니다. 이자의 생긴 모습이 죽은 제 동생과 꼭 닮아 죽이기가 심히 불쌍하니, 살려 주시기를 원합니다."

그러자 만주가 말하였다.

"네 아우가 지난 전쟁에서 죽어 내가 심히 불쌍히 여겼는데, 이자의 나이와 모습이 네 아우와 비슷하니 네가 사면하여 하인으로 삼도록 하여라."

거기다 명군 가운데 항복한 사람 다섯 명을 상으로 주었다. 아라나가 절하여 감사의 예를 표하고는 영철을 데리고 집으로 돌아가니, 집 안사람들이 영철을 보고 아라나의 아우가 살아 돌아온 듯 여겼다.

명나라 사람 다섯 명 가운데 전유년이라는 사람이 있었는데, 산동성 등주(登州) 사람이었다. 그는 모습이 훤칠하고 사랑스러우며, 또 문자를 해독할 줄 알고 지혜가 있어 동료들이 모두 떠받들어 '전 백총(百摠)'이라 하였다. 그러나 후금과 명나라가 원수가 되어 전투가 끊이지 않은 탓에 아라나는 전유년을 심히 박대한 반면, 영철은 그 용모가 죽은 아우와 닮아 아주 후하게 대해 주었다. 하지만 영철은 포로가 된 뒤 고국으로 돌아갈 수 없게 되자 밤낮으로 부모를 그리워하며 눈물을 멈추지 못하였고, 전유년 등을 만나면 같이 울며 포로 된 신세를 한탄하였다. 영철이 유년 등과 처음에는 말이 통하지 않아 마음이 서로 통하지 않았으나, 반년 동안 함께 살면서 가까운 사이가 되고 서로 말도 알아들을 수 있게 되었다.

그해 8월, 영철은 밤을 틈타 산골짜기로 숨어 창성 쪽으로 도망을 쳤다가 호인들에게 붙잡혀 왼쪽 발꿈치를 잘렸다. 다음 해 4월 또 도망하였다가 호병에게 붙잡혀 오른쪽 발꿈치를 잘렸다. 아라나가 영철을 꾸짖어 말하였다.

"작년에 네가 죽게 되었을 때, 네 모습이 내 죽은 아우와 비슷함에 애정을 느껴 주장에게 청하여 네 죽음을 면하게 해 주고, 저 명나라 놈들과는 달리 잘 먹이고 관대하게 대해 주었는데, 네가 지금 다시 도망한 것은 어떤 까닭이냐? 네가 만약 세 번째 도망치다 잡히면 법에 따라 죽을 것이니, 그때는 나도 다시 구해 줄 수 없을 것이다."

영철이 감사해하며 말하였다.

"장군님, 고향을 생각하고 부모를 그리워하는 것은 인지상정입니다. 하물며 저는 조선에 있을 때 장가도 들지 않아 부모를 봉양할 사람이 없고, 타국에 있으면서 한 몸 의지할 데 없으니, 다행히 목숨은 건졌으나 어찌 즐거울 수 있겠습니까? 살고 죽는 것은 사람이 피할 수 없는 것인데, 만 번 죽을죄를 범하여 살려 주신 은혜를 잊었고, 주인을 배신하고 도망한 것이 두 번째입니다. 장군님께 죽을죄를 지었습니다.”

아라나가 영철의 말을 듣고 그 뜻을 슬프게 여겨 그 처에게 말하였다.

“남자가 여자를 좋아하는 것은 천하가 한가지인데, 영철이 다시 도망한 것은 나의 은혜를 잊은 게 아니라 아내가 없기 때문이오. 나이가 스무 살이 넘었는데 일찍이 처자의 즐거움을 누리지 못했으니 그 심사가 어찌 그렇지 않겠는가?”

그러고는 그 죽은 아우의 아내를 일러 말하였다.

“제수씨를 영철에게 시집보내는 것은 어떠한가? 영철이 우리 식구가 된다면 내 비록 전쟁터에 가더라도 그에게 우리 집안일을 맡겨도 되지 않겠소. 또 영철은 활 쏘고 말 타는 재주가 있어 내가 혹시 병들더라도 나 대신 일할 수도 있소. 당신의 뜻은 어떻소?”

그 처가 천천히 말하였다.

“당신의 말씀은 제 뜻과 꼭 맞습니다. 내가 이 사람을 보니, 죽은 시동생과 흡사하여 저 또한 그러한 뜻을 품은 지 오래되었으나 감히 말씀드리지 못한 것입니다.”

● **백총**(百摠) 군대의 하급 무관직을 일컫는 말.

건주 여인과 결혼하다

아라나의 죽은 아우의 처는 아라나 처의 동생인데, 자매의 자색이 모두 뛰어났다. 영철이 몇 개월 동안 좌우 발꿈치 잘린 고통을 앓다가 상처가 나았다. 아라나가 비록 영철이 자주 도망친 것을 괘씸하게 생각했지만, 여진족이 본디 정직하고 자신이 한 약속을 어기지 않는 성품이라 마침내 죽은 동생의 아내를 영철에게 시집보내었다. 이때 영철은 22세, 호녀의 나이는 24세였다. 영철의 처는 남편을 매우 사랑하였다. 영철이 호녀와 결혼하여 가정을 이루자, 전유년 등 명나라 출신과 조선 출신 가노들 가운데 영철을 부러워하지 않는 자가 없었다.

다음 해(신유년, 1621), 누르하치는 심양을 공격하여 함락하고 그곳으로 도읍을 옮기었다. 아라나가 그 처자들을 데리고 심양으로 이주하면서 영철 부부에게, 건주에 머무르며 농사를 감독하게 하였다. 이때 영철이 아들을 얻으니 이름을 '득북'이라 하였고, 계해년(1623) 또 아들을 얻으니 이름을 '득건'이라 하였다. 하루는 그 처가 영철에게 말하였다.

"당신은 조선 사람이고 첩은 여진 사람입니다. 다른 나라의 남녀가 다행히 부부가 되어 두 아들을 얻었으니 집안에 경사가 더욱 넘칩니다. 만약 하늘이 주신 연분이 아니라면 어찌 이에 이르렀겠습니까? 그러나 당신의 부모님은 조선에 계시니, 혹시 저를 버리고 고국으로 돌아갈 마음이 있지 않은지요?"

영철이 답하였다.

"전일에 내가 두 번 도망쳐 돌아가고자 한 것은 비록 부모를 그리워하여 그러한 것이나, 또한 아내를 얻기 위한 까닭이기도 합니다. 지금 주인의 큰 은혜를 입어 죽음을 면한 것도, 또 당신과 내가 만나 두 아들을 얻은 것도 하늘의 은혜입니다. 내가 어찌 감히 하늘을 배신하고 은혜를 저버리겠소?"

그 처가 말하였다.

"우리나라 사람들은 고려인들을 교활하다고 생각하니, 당신 말을 어찌 믿을 수 있겠습니까?"

하며 아양을 부리기도 하며 속마음을 물었으나, 영철은 웃기만 할 뿐 더 말하지 않았다.

을축년(1625) 5월, 영철이 심양으로 가서 아라나에게 문안하니 아라나가 물었다.

"어찌 이리 늦게 왔느냐?"

영철이 대답하였다.

"집안일이 많아 늦었습니다."

며칠 동안 머무르고 돌아갈 때, 아라나가 전투마 세 마리를 전유년 등 세 명에게 주며 말하였다.

"너와 유년 등은 이 말을 데리고 돌아가 건주 강변에서 먹이라. 장차 말이 살지면 영원위를 공격할 것이니 그때는 너도 같이 출전할 것이다."

또한 영철을 가까이 불러 귓속말을 하였다.

"나와 너는 일가가 되었으니 정이 형제와 같다. 나는 진실로 너를 의심하지 않지만, 저 오랑캐 세 명은 이 땅에 처자가 없으니 어찌 그 마음이 이곳에 매어 있겠느냐? 너는 반드시 밤낮으로 저자들을 따라다니면서 동정을 살피고, 말을 훔쳐 도망하지 못하도록 하라."

영철이 말하였다.

"장군, 안심하십시오. 제가 지키고 있는데 어찌 저들이 도망칠 수 있겠습니까?"

영철이 유년 등과 함께 말을 끌고 건주로 돌아왔다. 영철의 처가 언니와 아라나의 소식을 물으니, 영철이 아라나가 전한 말을 그대로 들려주었다. 그 말을 들은 영철의 처가 두려운 듯 말하였다.

"첩이 본디 박명하여 전남편을 어린 나이에 전쟁터에서 잃었는데, 지금 그대 또한 전쟁터에 나가신다 하니 어찌 첩의 신세가 불행하지 않겠습니까?"

영철이 좋은 말로 아내를 위로하였으나, 자신도 모르게 마음이 슬퍼져 눈물을 흘렸다. 영철이 전유년 등과 음식을 준비하여 강변으로 말을 먹이러 갔다. 영철과 한인들은 풀이 깊은 곳에서 말을 뜯기며 여름

내내 숙식을 같이 하였다.

  8월 보름날이 되자 영철이 집에 돌아왔다. 그 처는 성대하게 술과 음식을 준비하여 영철과 함께 배불리 먹고 심히 즐거워하였다. 또한 남은 음식을 싸주면서 말하였다.

  "돌아가 친구들과 함께 드세요."

  영철이 문을 나서자, 그 처가 영철의 소매를 잡아당기며 눈물을 흘리면서 말하였다.

● **영원위**(寧遠衛) 압록강에 접한 중국 랴오닝성(요령성)에 있는 행정구역 이름. 오늘날의 '싱청시(흥성시)'를 가리킴.

"첩이 당신과 함께 살면서, 하루를 못 보면 마음이 애틋하여 견디지 못하는 정이 생겼습니다. 이제 말이 살지고 가을 하늘이 높은데, 당신께서 장차 전쟁터로 나아가 살아 돌아오지 못한다면 제 마음이 얼마나 슬프겠습니까? 박한 음식으로 대접하였사오나, 진실로 첩은 마음을 다해 준비한 것입니다. 오늘 밤 하늘이 맑고 달이 밝으니, 함께 고생하시는 여러 사람과 서로 취하는 것이 좋겠습니다. 다만 이번 행차가 긴 이별은 아닐 터인데, 첩의 마음이 왜 이리 슬픔을 주체할 수 없는지 모르겠습니다."

처는 눈물을 빗물처럼 흘렸다. 영철 또한 흐르는 눈물을 닦으며 강변으로 돌아갔다. 전유년과 여덟 명의 친구는 영철이 가져온 향기로운 술과 맛있는 음식에 환호성을 질렀다. 그들은 자리를 만들어 앉아 둥근 달을 올려다보며 취하도록 마시고, 슬픈 노래를 부르다 일어나 춤을 추었다.

이때 강물은 불에 달군 강철처럼 붉게 빛나고, 서늘한 회오리바람이 불어 숲에서 피리 소리가 나는 듯하고, 하늘은 구름 한 점 없는데 높이서 짝 잃은 기러기 소리 들려오니, 사람마다 고향 그리워하는 마음을 견딜 수 없었다. 전유년이 문득 길게 탄식하며 말하였다.

"오늘 밤의 이 달은 우리 고향 부모처자에게도 같이 비칠 텐데, 우리 가족은 이 달을 보면서 우리가 살았는지 죽었는지도 모른 채 지나온 세월을 슬퍼할 것이다. 아, 마음이 아파 창자가 끊어지는 듯하도다."

이 말을 듣고 아홉 사람이 모두 말을 잃고 오랫동안 서럽게 울었다. 유년이 또 말하였다.

"영철이, 자네 부모님은 비록 조선에 계시나 이곳에 처자를 두었으니, 고향 그리는 마음은 우리 여덟 명과 다를 테지?"

영철이 탄식하며 말하였다.

"유년이, 자네의 말은 옳지 않네. 고향을 그리는 마음이야 짐승도 갖고 있는 것인데, 하물며 나는 사람 아닌가? 어찌 처자가 있다고 해서 고국의 부모 그리는 마음이 자네들과 다르겠는가? 만일 고국으로 살아 돌아가 부모님을 뵐 수만 있다면 죽어도 여한이 없네. 다만 내가 다시 도망치다가 붙잡히면 반드시 죽게 될 것이니, 그 때문에 마음을 쉽게 먹지 못하는 것이네."

유년이 말하였다.

"아, 심양이 후금에 함락된 뒤부터 조선의 사신이 육로로 다니지 못해 뱃길로 등주까지 와서 황성(북경)으로 간다고 하네. 자네가 만일 내 계획을 좇아 등주로 함께 탈출한다면 거기서 조선의 사행선을 얻어 타고 조선으로 돌아갈 수 있을 것이니, 부모님 뵙는 것은 손바닥 뒤집기처럼 쉬울 것이야."

이에 영철이 웃으며 말하였다.

"자네의 계획은 잘못되었네. 우리가 날개가 없는데 어찌 심양을 빠져나갈 수 있으며, 어찌 그 먼 등주까지 갈 수 있다는 말인가?"

유년이 말하였다.

• **사행선**(使行船) '사행'은 '사신 행차'를 줄여 부르는 말이다. '사행선'은 사신이 공적인 임무를 수행하기 위해 타고 다녔던 배를 이른다.

"그렇지 않네. 나는 전쟁에 나온 뒤로 이곳 여진 지역의 산과 강, 길과 마을에 대해 익숙히 들어 알고 있네. 또한 일찍이 지도를 살펴 마음에 그려 놓았으니, 사막의 형세는 모두 내 눈 안에 있네. 여기 강을 건너 서북쪽으로 수백 리를 가면 심양을 벗어날 수 있네. 또 서남쪽으로 가면 백 리를 못 가서 영원위 경계를 벗어날 수 있네. 또 우리가 먹이는 말들은 모두 천리마니, 사오 일이 지나지 않아 모두 명나라 땅을 밟을 수 있을 것이네."

이 말을 듣고 사람들이 모두 탄식하며 소리를 질러 말하였다.

"백총의 말이 옳네. 우리는 백총의 계획에 따르겠네. 죽고 사는 것은 하늘의 뜻이니, 불행하여 길에서 죽더라도 이 또한 하늘의 뜻이라. 빨리 결정해서 의심이 없도록 하세."

영철이 말하였다.

"자네들 여덟 명은 하늘의 뜻에 의지하여 고국에 돌아가면 부모처자를 볼 수 있겠지. 하지만 나는 정말 다행으로 등주에 도착하더라도, 파도 너머 만 리 밖 고국을 그리워할 뿐이니, 어떻게 고향에 갈 수 있겠는가? 도리어 여기 머물러 처자를 지키며 늙는 것이 더 낫겠지."

유년이 말하였다.

"영철이, 자네 말이 옳아. 그러나 내 자네를 위하여 한 계책을 준비했으니 들어 보게. 자네가 우리와 함께 한다면 명나라 땅으로 들어가 등주까지 갈 수 있을 거야. 등주 우리 집에는 여동생이 둘 있는데, 첫째 동생은 열여덟 살, 둘째 동생은 열여섯 살이네. 둘 다 자색이 뛰어나고 바느질도 잘한다네. 지금 자네가 우리와 함께 간다면 내 자네에게 약속하지. 첫째 동생이 아직 시집 안 갔으면 자네에게 시집보낼 것이고, 만약 이미 시집을 갔다면 둘째 동생을 자네에게 시집보내지. 만약 동생 둘이 다 시집갔으면, 우리 집에 잠시 머물다가 조선에서 배가 오면 그걸 타고 조선으로 돌아갈 수 있도록 해 주겠네. 그렇게 되면 부모를 만나 뵙고 일생을 편히 살 수 있을 거야. 이를 어찌 여진 오랑캐에 잡혀 초목같이 썩어 가는 것과 비교할 수 있겠는가? 이 두 가지 계책 가운데 하나라도 성공할 수 있다면, 자네의 뜻은 어떠한가? 자네가 믿지 못하겠다면 저 하늘의 보름달을 두고 맹세하겠네."

다른 사람들도 함께 말하였다.

"전 백총이 진실로 그렇게 생각한다면, 두 사람은 달을 두고 술잔을 주고받아 맹세하도록 하게."

영철은 문득 얼마 전 아내와 이별할 때 주고받았던 말이 떠올라 견딜 수 없을 정도로 고통스러웠다. 하지만 곧 다시 속으로 이렇게 생각하였다.

'내가 만일 유년의 말을 따르지 않는다면 저 여덟 명은 반드시 나를 죽여 입을 막을 것이니, 헛되이 죽는 것이 무익하도다.'

잠시 고민하던 영철이 유년의 계책에 따르기로 마음먹으니 유년이 크게 기뻐하였다. 두 사람은 손가락을 깨물어 피를 내어 술에 섞어 같이 마시고, 달을 두고 맹세하였다.

"오늘 맹세하였으니, 앞으로 거짓말하는 자는 하늘이 미워하고 귀신이 반드시 죽이리라."

목숨걸고 건주를 탈출하다

두 사람을 지켜보던 일곱 명이 맹세의 증인으로 참여하였다. 이윽고 아홉 사람은 각자 닷새 치 식량을 준비하여 일시에 말에 올랐다. 때는 이미 한밤중인데 달빛은 낮처럼 밝고 강의 물고기들이 튀어 올라 물결을 흔드니, 사람들 마음에 고향 그리는 생각이 더욱 간절하였다.

영철과 유년 일행은 후금 사람들이 알아차리지 못하도록 몰래 얕은 여울을 건너 북쪽으로 말을 달렸다. 새벽이 되어 큰 강을 만났는데 그 깊이를 알 수 없었다. 말을 타고 조심스럽게 물을 건너는데, 수비 군사들이 알아차리고 크게 소리 지르며 쫓아왔다. 강 가장 깊은 곳에서 사람과 말들이 급한 물살에 휩쓸렸다. 여섯 사람은 간신히 빠져나왔으나, 세 사람과 말 두 마리가 물에 빠져 죽고 살아남은 말 한 마리가 일행을 뒤쫓아 왔다. 여섯 사람이 말을 몰고 백여 리를 달리자, 달이 서쪽으로 떨어지고 아침 해가 동녘에서 떠올랐다.

언덕 높은 곳에 올라 멀리 바라보니 여진족 마을이 물고기 비늘처럼 모여 있고, 길에는 왕래하는 사람이 많았다. 영철과 유년 일행은 사람들을 피해 숲 속으로 들어가 말 등에서 안장을 내리고 잠시 쉬었다. 밥을 지어 먹으려고 부대에서 쌀을 꺼냈지만, 강에서 빠져나올 때 솥을 잃어버려 밥을 지을 수가 없었다. 일행은 서로 부둥켜안고 통곡하며 물에 빠져 죽은 동료들을 조문하였으나, 자신들도 살길이 막막함을 슬퍼하며 각기 손을 모아 살려 달라고 하늘을 향해 빌었다. 간신히 힘을 낸 그들은 자루에서 쌀을 꺼내어 씹고 물을 마셔 삼킨 뒤, 서로 마주 앉아 종일 슬피 울었다.

이윽고 달이 솟아오르자 일행은 다시 말에 올라 수백 리를 달렸다. 멀리 동쪽 들판에서부터 하늘이 밝아 왔다. 사막이 시작되는데, 갈대는 하늘을 찌르고 인가의 밥 짓는 연기는 보이지 않았다. 영철 일행은 피곤하고 배가 너무 고픈 나머지 말을 나란히 하여 천천히 걸었다. 정오쯤 되어 옛 전쟁터에 다다랐는데, 문득 깨진 놋쇠 그릇을 발견하였다. 이에 사람들이 "하늘이 우리를 살리시는구나." 하며 기뻐하였다. 한 사람의 자루에 양식이 조금 남아 있어 드디어 그릇을 씻어 밥을 지어 먹었다. 유년이 말하였다.

"이 솥을 얻었으니, 우리가 굶어 죽지는 않겠구나!"

그러나 남은 곡식이 몇 되밖에 없어 다시 근심하였다. 유년이 말하였다.

"걱정하지 말게나. 우리가 의논한다면 굶어 죽지 않을 방법을 찾을 수 있을 것이네."

일행은 또 말에 올라 하루 밤낮을 꼬박 달렸다. 유년이 문득 멀리 바라보더니 말하였다.

"이 길은 심양에서부터 이어지는 길일세. 우리는 이제 서남쪽으로 가면 된다네."

여러 사람이 말하였다.

"백총이 어찌 빈말을 하겠어?"

한 사람이 유년에게 물었다.

"지금 양식 남은 것이 불과 한 때 먹을 것뿐인데, 어제 자네가 의논하고자 한다는 말은 무엇인가?"

유년이 말하였다.

"주인 잃은 말 얘길세. 저 말이 우리를 뒤따라오고 있는데, 말을 잡아 식량으로 삼으면 어떻겠는가? 말이 귀하고 불쌍하긴 해도 어쩌겠는가?"

사람들이 모두 동의하니, 이에 말을 잡아 삶아서 하늘에 제사한 뒤 나눠 먹었다. 여섯 명이 남은 고기를 각기 자루에 나눠 신자 다시 유년이 말하였다.

　"이제 얼마간의 쌀과 고깃덩이가 있으니 굶주리지는 않을 테고, 명나라 땅은 하루면 도착할 수 있을 걸세."

　일행은 다시 하루 밤낮을 달렸다. 앞서 달리던 유년이 잠시 멈추더니, 말 위에서 한 줄기 연기가 피고 있는 곳을 가리키며 말하였다.

　"여보게들, 저기 연기가 일어나는 곳이 영원성일세. 이제 살았네."

　이에 사람들이 모두 탄복하며 말하였다.

　"백총의 계략은 과연 틀림이 없구나."

　여섯 명은 말에 박차를 가해 달려갔다.

　이때 영원성을 지키던 명나라 군사들은 멀리서 군인들이 오는 것을 보고 후금 군사들이 쳐들어오는 것이라고 생각하고, 즉시 봉화를 올

려 진을 치고 기다렸다. 이윽고 여섯 명이 말에서 내려 말을 끌고 서서히 진 앞에 도착하니, 군사들이 소리를 지르며 그들을 포위하였다. 이에 여섯 명은 땅에 엎드려 절하고 말하였다.

"멈추십시오. 저희들은 본디 명나라 군사인데, 건주 오랑캐에게 잡혀 있다가 이제 돌아온 것입니다."

변방을 지키는 병사들은 본디 의리를 가볍게 여기고 상을 귀하게 여겼다. 그래서 여섯 명의 말을 믿지 않고, 그들을 죽여서 후금군인 양 해서 상을 받으려고 꾀를 꾸미고 있었다. 영철과 유년 등이 모두 소리를 지르며 살려 달라고 빌었으나, 군사들은 들은 체도 안 하고 목을 베려 하였다. 이때 영철 무리 가운데 한 사람이 명군 중에서 한 명을 발견하고는 크게 소리 질렀다.

"형님, 형님! 저예요! 저를 모르시겠어요? 여기 아우 좀 살려 주세요!"

명 군사가 소리 지른 사람을 두 번 세 번 보더니 자기 아우임을 알고 깜짝 놀랐다. 몇 년 전 자기 아우가 건주로 싸우러 갔다가 돌아오지 않아 생사를 알지 못하고 있었는데, 바로 그 아우가 돌아와 자기 앞에 엎드려 있는 것이다. 형이 엎어지며 달려와서는 동생의 손을 잡고 통곡하였다. 이에 영철과 유년 일행은 간신히 또 한 번 위기를 벗어날 수 있었다. 군사가 자기 아우와 유년 등 모두를 데리고 주장에게 갔다. 주장이 일행에게 후금군의 형세를 자세하게 물어 듣고는 적들이 곧 쳐들어올 계획이 있음을 알게 되었다. 주장은 북경으로 서신을 보내 여섯 명의 탈출병에 대해 보고하였다. 서신의 내용은 대략 다음과 같았다.

아뢰옵건대, 건주에서 오랑캐에게 오랫동안 잡혀 있던 병사 여섯 명이 탈출하여 본 성으로 왔습니다. 이들은 적의 정세를 잘 알고 있으니, 우선 군중에 두어서 적들의 형세를 조사하고자 하니 허락해 주십시오.

조정에서 이 서신을 보고 영원성 주장의 요청을 허락하였다. 이에 주장이 여섯 명을 고향으로 돌려보내지 않고 군대에 편입시켜 병기를 지급하고 옷과 양식을 후하게 나누어 주었다.

그해 겨울, 후금군이 과연 영원성으로 군대를 이끌고 쳐들어왔다. 하지만 명군이 이를 예측하고 미리 성 안에서 대비하고 있던 터라 후금군은 쉽사리 공격하지 못하였다. 봄이 되자 후금군은 진을 풀고 돌아갔다. 이에 영철을 비롯한 여섯 명이 날마다 주장에게 호소하였다.

"장군, 저희가 오랑캐에게 잡혀간 지 벌써 7년째입니다. 만 번 죽을 위험을 무릅쓰고 오랑캐 땅을 탈출하여 돌아왔는데, 어찌 저희를 다시 변방 성에 묶어 두십니까? 고향이 그리워 견딜 수가 없으니 제발 부모처자를 한번 보고 죽게 해 주십시오. 여기서 머물러 부모님을 만날 수 없다면 오랑캐 땅에 있는 것과 무엇이 다르겠습니까? 바라옵건대, 주장께서는 저희의 형편을 불쌍히 굽어살피시어 고향으로 돌아가게 해 주십시오."

주장이 영철과 유년 등의 사정을 불쌍히 여겨 이 뜻을 북경으로 서

• **봄이 되자 ~ 돌아갔다.** 1626년 당시 영원성은 명나라 원숭환 장군이 지키고 있었다. 후금의 누르하치는 군대를 이끌고 친히 영원성을 공격하였으나 부상을 입고 후퇴하였다가 사망하였다.

신을 보내 다시 보고하니, 조정에서 그 뜻을 받아들여 주장에게 여섯 사람을 북경으로 데려오도록 하였다. 영철과 유년 일행이 북경에 도착하니 조정에서는 이들에게서 후금국의 정세를 조사하였다. 조사가 끝나자 각 사람마다 부모의 성명과 고향을 물어보고, 영철을 제외한 나머지 다섯 사람은 각기 고향으로 돌아가도록 허락하였다. 조정에서는 그들이 지나는 읍마다 명을 내려 양식을 제공토록 하고, 또 각자 고향에 공문을 보내 그들의 세금과 부역을 면제해 주도록 하였다. 오직 조선 사람 영철만은 부모가 없고 고향도 없으므로, 조정에서는 그가 가고자 하는 곳을 물었다. 이에 영철이 말하였다.

"소인은 다섯 사람과 생사를 함께하기로 약속한 사이로 정이 가족만큼 깊습니다. 그중에서도 전유년은 일찍이 건주에 있을 때부터 한 집에서 같이 살며 결의하여 형제가 되었으니, 유년과 함께 갈 수 있도록 해 주십시오."

조정의 여러 장관이 이 말을 듣자 낯빛이 변하여 말하였다.

"이 사람은 참으로 의사(義士)로다! 이곳이 조선이 아닌데도 처자를 버리고 죽음을 무릅쓰고 우리나라로 탈출해 왔으니, 어육(魚肉)보다 곰 발바닥[熊掌(웅장)]이 진미임을 모르는 자라면 어찌 이처럼 의롭게 행동할 수 있겠는가?《서경》을 보면 예로부터 임금에게 녹을 받고서도 임금을 잊고 오랑캐에게 항복하는 자가 많았는데, 그들이 이제 이 사람을 본다면 어찌 부끄럽지 않겠는가?"

장관들은 드디어 영철이 유년과 함께 가도록 허락하였다. 또한 산동성 등주부에 명하여 의복과 양식, 돈과 비단을 많이 지급하도록 하고, 또 양갓집 여자를 골라 장가를 보내도록 조처하였다. 영철과 유년이 북경에서 등주로 내려가는데, 지나가는 역참마다 일행들에게 식량과 말 먹이를 두 배나 더 주었다. 또 사람들이 소문을 듣고 거리와 골목마다 가득 모여 기다렸다가 영철과 유년을 칭찬하고 선물을 주며 전송하였다.

• **어육(魚肉)을 버리고 웅장(熊掌)을 취하다** 어육과 웅장은 모두 맛있는 음식이나, 곰 발바닥이 진미임을 아는 사람이 물고기 살을 버릴 수 있다. 즉, 더 좋은 것을 알고 그것을 선택하는 것의 가치를 이르는 말이다.

역사 소설 또는 포로 소설
최척전, 강로전, 임진록, 신미록

역사 소설은 역사적 사건이나 인물을 소설의 주요 제재로 사용했다는 의미로
붙인 개념이고, 포로 소설은 주인공의 포로 생활을 소설의 주요 제재로 보아 붙인
개념이에요. 우리 고전소설 가운데는 전쟁을 소재로 하거나 역사적 사건을 소재로 한
것들이 많습니다. 어떤 작품들이 있을까요?

최척전

〈최척전〉은 1621년 조위한이 지은 한문 소설이에요. 16~17세기 임진왜란, 정유재란, 요
동의 심하 전투 등으로 이어지는 동아시아 전란 속에서 최척과 옥영,
그 일가가 겪은 파란만장한 삶과 그들을 둘러싼 동아시아 민
중들의 모습을 소설화한 작품이지요. 소설에는 두 번의
포로 생활이 그려져요. 첫 번째는 1597년 정유재란
때 최척의 아내 옥영이 일본으로 끌려가 고초를
겪던 이야기이고, 두 번째는 1619년 명나라에
살고 있던 최척이 심하 전투에 참전해 후금군
의 포로가 되었다가 조선으로 탈출한 이야기입
니다.
옥영의 포로 생활은 독특합니다. 그녀는 끌려갈 당시
남자 옷을 입고 있었고, 포로 생활 내내 남자 행세를
하고 살았어요.
명나라에 망명하여 살고 있던 최척은 항주의 친구
와 함께 상선을 타고 베트남을 다니며 살고 있
었어요. 몇 년 뒤 베트남의 어느 항구에 갔
던 최척은 우연히 일본의 상선을 따라 베
트남에 온 아내 옥영을 만나 극적인
상봉을 하고 다시 중국으로 돌아
와 행복하게 삽니다.
그러다 1618년 후금이 전쟁

을 일으키자 최척은 명군으로 출전했다가 후금군의 포로가 돼요. 그런데 후금군의 감옥에서, 강홍립 장군을 따라 출전했다가 후금군의 포로가 된 맏아들 몽석을 극적으로 만나게 되지요. 최척 부자는 함께 감옥을 탈출하여 고향으로 돌아옵니다.

강로전

〈강로전〉은 권칙이 심하 전투의 주인공 강홍립을 주인공으로 하여 1630년에 지은 한문소설이에요. 강홍립이 후금에 항복한 과정과 후금에서 지낸 8년간의 포로 생활을 소설화한 것이지요. '강씨 오랑캐'라는 뜻의 '강로(姜虜)'라는 제목에서도 알 수 있듯이, 작가는 강홍립을 매우 부정적으로 인식하고 허구적 내용을 첨가하여 소설의 주인공으로 그렸습니다. 작품 속에 그려진 내용들은 역사적 사실과는 차이가 많아요. 그렇게 하면서까지 작가가 강홍립을 부정적으로 그린 이유는 조선을 도와주었던 명나라를 숭배하고 청나라를 배격하는 생각 때문이었어요.

임진록과 신미록

〈임진록〉은 1592~1599년간 벌어졌던 임진왜란을 배경으로 조선군과 일본군이 치렀던 전쟁의 다양한 모습을 그린 역사 소설이에요. 실제 인물뿐만 아니라 가공의 인물을 등장시켜 전쟁에서 활약했던 조선 장수들의 모습을 생생하게 보여 줍니다.

〈신미록〉은 1811~1812년 평안북도 정주성 일대에서 일어난 '홍경래의 난'을 소재로 하여 그 전말과 체제 도전 세력의 위험성을 그린 국문 소설이에요. 역사적 사실에 충실한 면이 있지만, 관군의 입장에서 '홍경래의 난'을 바라보고 있기 때문에 객관적인 시각이라고 보기는 어렵습니다.

등주에 정착하다

유년은 등주에서 큰 가문을 이루고 사는 집안의 큰아들이었다. 그의 부모형제, 친척과 친구들이 유년이 살아 돌아온 소식을 듣고 달려와서는 너무 기쁜 나머지 서로 말을 잇지 못하였다. 원근 각처에서 사람들이 모여들어 유년을 환영하며 음식을 많이 가져와 먹이고, 죽을 고비를 넘어 살아 돌아온 이야기를 들었다. 이윽고 한 사람이 영철을 가리켜 물었다.

"이 사람은 누구인가?"

유년이 말하였다.

"이 사람은 명나라 사람이 아니라 조선 사람입니다. 이름은 김영철이고, 1619년 전쟁에서 오랑캐에게 포로로 잡혔다가 저와 함께 오랑캐 장수의 노예 생활을 하였습니다. 영철은 두 번이나 조선으로 도망쳤지만 뜻을 이루지 못하였다가 이번에 저와 함께 이곳으로 탈출해 왔습니다. 영철이 아니었다면 저는 살아 돌아올 수 없었을 것입니다."

이 말을 들은 유년의 친척들은 모두 놀라, "이 사람은 진실로 하늘이 낳아 준 형제로구나." 하며 영철을 데리고 집으로 갔다. 이때 등주 태수는 조정의 명령을 받들어 먼저 영철에게 옷과 양식을 지급하고, 또 은자 백 냥을 내리며 유년에게 말하였다.

"이 돈의 반으로 영철에게 집을 사 주고, 그 반은 양갓집 여자를 아내 삼을 때 영철에게 주도록 하라. 처를 얻으면 즉시 와서 관에 알려야 한다."

전유년의 친척 및 이웃 마을 사람들은 날마다 술과 음식을 가져와서 유년을 위로하고, 때로 영철의 고향과 나이, 부모처자에 대해 묻곤 하였다.

영철은 이미 유년과 몇 년 동안 함께 살았고, 또 영원성에 머문 것도 반년이라 중국말에 익숙해져 사람들과 사귀는 데 불편함이 없었다. 그래서 영철의 이야기를 듣는 사람들은 모두 그를 칭찬하고 좋아하게 되었고, 잔을 가지고 술을 권하며 더욱 은근한 정을 나타내었다.

유년에게는 누이동생이 둘 있었는데, 큰누이는 이미 다른 사람에게 시집갔고, 둘째는 아직 시집가지 않았다. 영철이 작은누이를 보고 마음에 들어 그 행동과 용모를 은밀히 살펴보았으나, 아직 작은누이와 그 부모는 이를 눈치채지 못하였다. 유년의 부모는 영철을 자식같이

• **태수**(太守) 지방의 행정 책임을 맡았던 으뜸 벼슬.

여기고, 두 누이는 영철을 형제와 같이 여기니, 영철은 유년 일가와 가족처럼 살았다. 하루는 영철이 유년에게 말하였다.

"유년이, 자네는 고향으로 돌아와 위로 부모님과 기쁨을 나누고, 아래로는 처자의 즐거움을 누리고 있네. 하지만 나는 홀로 남의 나라에 떨어져 있어 부모님과 고향 소식을 알 수 없고, 저 바다는 망망대해라 배 소식을 알기도 어렵네. 나는 전쟁터로 떠나온 뒤로 부모 친척의 생사고락을 알지 못하고, 아내도 없어 의지할 곳이 없다네. 유년이, 나는 어쩌란 말인가?"

유년이 말하였다.

"영철이, 자네의 뜻은 내가 잘 알고 있네. 우리가 어떻게 여기까지 왔는데, 내가 어찌 자네를 버리겠는가? 작년 건주 강가에서 맺은 우리의 맹세는 하늘이 지켜보았고, 달 또한 지켜보았네. 오랑캐 땅의 하늘도 명나라의 하늘과 다를 바 없고, 그날의 달은 지금 또한 밝으니, 나는 진실로 그때의 맹세를 잠시라도 잊은 적이 없다네. 다만 돌아온 뒤 분주하여 아직 약속을 실천하지 못하였네. 그런들 내가 어찌 사람을 잊고 맹세를 저버리겠는가. 이제 큰누이는 시집을 갔으나 작은누이는 아직 혼인하지 않았으니, 이제부터 주선하여 보겠네."

다음 날, 유년과 영철은 시장에 가서 술과 고기를 사서 성대하게 잔치를 준비하였다. 유년의 부모 친척과 옛 친구들을 다 초청하여 잔치를 여니 사람들이 종일토록 마시고 먹고 즐거워하였다. 이날은 3월 15일이었다. 유년과 영철이 번갈아 노래 부르며 춤을 추고, 유년의 부모에게 차례로 술을 올렸다. 이때 꽃향기가 정원에 가득하고 달빛이 잔치 자리를 환하게 비추니, 유년의 부모 또한 매우 즐거워하였다. 대개 흥이 다하면 슬픈 마음이 찾아오고, 즐거움이 극에 달하면 궁곤한 때를 생각하는 것이 사람살이의 이치였다. 이때 유년이 영철과 후금 땅에서 고생했던 일들과 탈출하면서 겪은 일들을 이야기하다가 서로 한숨짓고 눈물을 흘렸다. 사람들이 이야기를 듣다가 술 마시기를 그치고 모두 같이 눈물을 흘렸다. 유년이 자리에서 일어나 옷깃을 바로 한 후에 말하였다.

"부모님께서 위에 계시고 형제자매가 앞에 있는데, 소자 아직 감히 드리지 못한 말씀이 있습니다."

유년의 부모가 말하였다.

"여기 모두 부모 형제 친척들뿐인데, 네가 가슴에 품은 말이 뭐기에 어찌 아직 말하지 못하였느냐?"

유년이 머리를 조아려 인사하고 다시 말하였다.

"작년 가을, 영철과 탈출할 때 저는 영철과 하늘과 달을 두고 피를 내어 서로 맹세를 하였습니다. 그 맹약은 집에 돌아온 뒤의 일에 대한 것입니다. 이제 막 온화한 봄이 다가왔는데, 달빛은 예전과 다른 것이 없고 약속한 말은 마음에 그대로 있습니다. 제가 감히 부모님께 말씀드리지 못한 것이 있는데, 이것이 친구에게는 믿음을 잃게 하였습니다. 만약 저 달이 이 일을 안다면 제가 어찌 저 달을 올려다볼 수 있겠습니까? 지금 부모 형제께서 허락하신다면 저는 마땅히 신의를 지키겠습니다. 그렇지 않으면 저는 끝내 하늘을 속이고 믿음을 저버린 사람이 될 것이니, 무슨 면목으로 천지간에 다시 서겠습니까?"

유년의 부모가 다시 말하였다.

"얘야, 맹세한 것이 무엇이냐? 말해 보거라."

이에 두 번 세 번 강권하였으나 유년이 입을 열지 않자 유년의 부모는 더욱 근심하여 다시 말하였다.

"얘야, 얘야. 일이 무겁든 가볍든 크든 작든 가리지 말고 얼른 말해 이 부모의 답답함을 풀어 다오."

다른 친척들도 또한 모두 재촉하였다. 이에 유년이 손으로 영철을 가리키며 자신이 영철에게 누이와의 혼인을 약속하였음을 알렸다. 이를 들은 유년의 아버지가 탄식하며 천천히 말하였다.

"너를 군대로 떠나보낸 뒤 우리 나라가 패했다는 소식을 듣고 북쪽 모래벌판을 바라보고 밤낮으로 울었다. 나는 이미 네가 죽은 것으로만 생각하였지 혹시나 살아 있을 거라고는 생각도 못하였다. 지금 네가 이렇게 살아 돌아온 것이 나는 진실로 꿈을 꾸는 듯하고 천만다행일 뿐이다. 너는 진실로 다시 살아난 사람이다. 내가 죽기 전에 이렇게 다시 살아온 아들을 만났으니, 무릇 네가 원하는 것이 있다면 내가 어찌 들어주지 않겠느냐? 하물며 너와 영철은 이미 피를 내어 맹세한 사이인데, 내가 만약 어기게 한다면 이는 내가 너를 신뢰 없는 자식으로 만드는 것이다. 부모가 되어 어찌 그럴 수 있겠느냐. 그러나 너의 누이가 이 옆에 있으니, 만약 이 애가 네 소원을 들어주지 않는다면 어찌할꼬?"

그러고는 어린 딸을 돌아보며 물었다.

"네 뜻은 어떠하냐?"

딸은 머리를 수그리고 아무 말이 없었다. 한참 뒤 몸을 일으켜 대답하였다.

"부모님께서 말씀하신다면 어떤 어려운 일도 마다하지 않을 것인데, 하물며 이미 돌아가신 줄 알았던 오빠가 달을 가리켜 맹세하신 일입니다. 제가 만일 부모님의 말씀을 따르지 않는다면 이는 오빠로 하여금 신의를 저버리고 약속한 것을 배반하여 불의한 사람이 되게 하는 것입니다. 형제간에 정이 있는데, 어찌 차마 그럴 수 있겠습니까? 다만 이분에 대해 들으니, 일찍이 조선에 있을 때는 결혼하지 않았고, 후금에 있을 때 결혼하여 자식을 낳았다고 합니다. 부부의 정과 부모의 자식 사랑은 천리(天理)요 사람마다 똑같습니다. 지금 그 처자를 버리고 탈출하여 우리 오빠와 여기까지 온 것은 그 뜻이 진실로 다른 데 있지 않고, 때를 기다려서 조선으로 돌아가고자 함이 아닌지요. 만일 제가 이 사람에게 몸을 허락하였다가 다른 날 요행이 좋은 기회가 생긴다면, 이 사람은 여진의 처자를 버렸듯이 반드시 저를 버리고 자취를 감추어 조선으로 돌아갈 것입니다. 그렇게 된다면 저는 장차 누구에게 의지하여 살겠습니까?"

말을 마치자, 문득 몸을 돌려 벽을 향하여 앉았다. 부모와 유년은 감히 다시 말을 하지 못하고, 좌객들도 모두 가만히 서로 돌아다보다가 술잔을 내려놓고 헤어졌다. 다음 날, 이웃 사람들이 이야기를 듣고 모두 말하였다.

"초심을 잃지 않고 옛 약속을 지키려고 하는 유년은 진실로 신의를 저버리지 않는 의인이야. 그 누이의 말 또한 생각이 깊으니, 일개 아녀

자의 소견이 아닐세. 역시 훌륭한 아냇감이야!"

영철의 혼사는 진전이 없었다. 조정에서는 이미 영철에게 장가가도록 영을 내렸고, 현관 또한 유년으로 하여금 중매를 서서 장가가도록 하였으니, 만약 그렇게 하지 않으면 태수가 반드시 유년을 꾸짖을 것이었다. 그러나 유년과 영철은 이미 금석(金石)과 같은 맹세를 하였기 때문에 결코 다른 사람과 결혼 이야기를 하지 않았다. 일이 이러하니 사람들은 모두 혼인이 반드시 성사될 것이라고 생각하였다.

유년이 영철에게 말하였다.

"규중에서 자란 여자는 시집갈 때 육례에 따라 혼수를 잘 준비하여 시부모에게 가서 인사드리는 것이 평생소원일세. 내 누이의 마음인들 어찌 다르겠는가? 이는 누이뿐 아니라 부모님 마음도 마찬가질세. 자네는 이방인으로 북녘 땅을 정처 없이 떠돌다 여기에 이르렀네. 나이도 적지 않고, 외모는 초췌하고, 일가는 아무도 없어 정말 딱한 처지네. 만약 내 누이가 죽기를 작정하고 끝내 허락하지 않는다면 부모 형제라도 그 뜻을 꺾기 어려울 걸세. 하지만 한 가지 방법이 있네. 자네에게는 관에서 받은 백금(百金)이 있고, 타고 온 말은 천리마이니 여기 군중에서도 소문이 나서 팔면 백금을 받을 수 있을 걸세. 이 말을 팔면 마을에서 중인 재산은 될 걸세. 먼저 백금으로 집을 산 다음 노비

◆ **현관**(縣官) 현(縣)의 우두머리인 현령과 현감을 통틀어 이르던 말.
◆ **육례**(六禮) 전통적으로 내려오는 혼인의 여섯 가지 예법. '납채, 문명(問名), 납길, 납폐, 청기(請期), 친영'을 이른다.

와 살림을 갖추고, 또 관복을 차려입도록 하게. 나머지 백금으로 폐물을 준비한다면 마을 사람들이 서로 칭찬하고 자네를 존경할 걸세. 그러면 누이 또한 자네의 처가 되는 것을 부끄러워하지 않을 텐데, 자네 뜻은 어떠한가?"

영철이 말하였다.

"자네 말대로 하겠네."

영철은 유년이 말한 것을 잊지 않고 집안 살림을 착실히 준비하였다. 유년은 마을의 장로들에게 청하여 영철의 혼인을 주관하여 폐물을 보내도록 하였다. 그런데도 누이가 따르지 않을까 걱정되어 혼수와 화장품 등을 큰누이가 시집갈 때보다 더 좋은 것으로 준비하였다. 또 납폐로 비단 자수와 화려한 보물을 많이 사서 전하니, 마을에서 가장 훌륭하였다. 이에 부모 친척이 모두 기뻐하니 누이 또한 수치스러워하는 빛이 조금 누그러졌다.

마침 등주 현관이 유년을 불러 영철의 장가 문제를 물으니, 유년이 앞뒤 사정을 자세히 현관에게 보고하였다. 현관이 매우 칭찬하며 말하였다.

"이러한 뜻으로 조정에 보고하겠네."

◦ **납폐**(納幣) 혼인할 때에, 사주단자의 교환이 끝난 후 정혼이 이루어진 증거로 신랑 집에서 신부 집으로 보내는 예물. 보통 밤에 푸른 비단과 붉은 비단을 혼서와 함께 함에 넣어 신부 집으로 보낸다.

두 번째 결혼, 그러나 다른 뜻을 품다

친영하는 날, 원근 친척과 이웃 마을에서 보러 온 사람들이 모두 말하였다.

"이는 진실로 월로의 인연이요, 하늘이 정해 준 배필이라. 그렇지 않으면 천만리 밖의 두 나라 사람이 어찌 결혼할 이치가 있겠는가?"

이날 밤, 전 씨는 영철에게 말하였다.

"낭군님은 조선 사람이요 저는 명나라 사람이니, 오늘 저희가 부부

- **친영(親迎)** 전통 혼례 중에서 신랑이 신부 집에 가서 예식을 올리고 신부를 맞아 오는 의례. 혼례식의 과정을 일컫는 말로써 '대례(大禮)'라고도 한다. 친영에는 신랑이 신부를 맞이하러 가는 초행을 비롯하여 혼례식의 절차인 전안례(奠雁禮)·교배례(交拜禮)·합근례(合卺禮)의 과정, 혼례식 이후의 과정, 신랑 집에서 행하는 폐백 절차 등이 모두 포함된다.
- **월로(月老)** 월하노인(月下老人)의 준말. 부부의 인연을 맺어 준다는 전설상의 노인을 말한다.

될 것을 어찌 생각이나 했겠습니까? 그러나 낭군님은 동쪽에 부모가 있고, 북에는 처자가 있습니다. 무릇 사람이 그 부모를 버리면 후사가 끊어지고, 처자식을 버리면 사람의 도리가 끊어진다고 들었습니다. 그런데 낭군님은 어찌하여 부모님을 걱정하지 않으며, 두고 온 처자식을 그리워하지 않습니까?"

영철이 말하였다.

"내가 부모님을 떠나온 지 어언 십 년이니, 이생에서 다시 만나는 것은 이미 바랄 수 없소. 또한 후금 땅을 버리고 명나라 땅으로 들어왔으니, 건주 처자식에 대한 그리움은 이미 마음에서 접었소. 하물며 새 사람을 대하면서 어찌 옛일을 생각하겠소?"

전 씨가 말하였다.

"그 말씀은 저를 속이는 것입니다. 나를 낳고 길러 준 이는 부모이니, 그 은혜와 정을 사람으로서 어찌 잊을 수 있겠습니까? 처첩에 이르러서는 진실로 중매를 통하여 납폐로 예를 하는 것인데, 천하 여자 가운데 이를 구하지 않는 자가 어디 있겠습니까? 낭군께서 처자식을 버린 것은 어쩔 수 없어 그런 것입니다. 하지만 낭군께 부모 사모하는 마음이 있다면, 어찌 하루인들 잊겠습니까? 만일 다른 날 고국으로 돌아갈 길이 생긴다면 낭군께서는 반드시 저를 버리실 것이니, 이는 고향을 버리는 것과 같습니다. 만일 그렇게 된다면 첩의 이 한 몸이 어찌 불쌍하지 않겠습니까. 첩이 진실로 죽음으로 맹세하였으니, 비록 부모인들 제 뜻을 빼앗을 수 없습니다. 지난날 오라버니께서 죽을 위기에 빠졌다가 목숨을 구하여 돌아왔을 때 저는 죽은 사람이 살아 돌아온 줄 알았습니다. 오라버니께서 만약 저의 고집 때문에 신의를 저버린 사람이 된다면 죽을 때까지 그 한을 풀 수 없을 것이니, 어찌 살아 돌아온 즐거움이 있겠습니까. 첩이 그 때문에 뜻을 굽히고 생각을 바꾸어 낭군님을 섬기기로 하였으니, 낭군께서도 첩의 정성을 불쌍히 여기시어 버리지 마십시오."

영철이 감사하며 말하였다.

"지금 우리 두 사람이 기이한 인연을 얻어 백년해로하며 자손을 낳아 기르게 된 것은 진실로 나의 지극한 소원이었소. 그대는 어찌 그러한 말을 하십니까?"

전 씨가 소매를 여미고 말하였다.

"낭군님의 마음이 진실로 그러하다면 이는 소첩의 행복입니다."

밤이 깊어 두 사람이 침상에 올라 휘장을 내리고 자리에 누우니, 사랑의 즐거움이 강과 바다와 같이 깊었다.

다음 날 아침, 전 씨가 부모에게 인사할 때 문득 슬픈 듯 눈물을 머금더니 마침내 눈물을 보였다.

"여자가 혼례를 치르고 시부모께 인사드리는 것은 인륜의 대절입니다. 이 예는 사람이면 모두 행하는 것인데, 소녀는 홀로 그러지 못하였으니 어찌 슬픈 마음이 없겠습니까?"

부모 또한 길게 탄식하며 말하였다.

"이는 네 운명이니 부질없이 슬퍼하지 말거라."

• 대절(大節) 큰 예의범절.

전 씨가 말하였다.

"제가 전에 들으니 우리 주에 유명한 화공이 있는데, 사람의 모습을 털끝 하나도 차이가 없이 그린다고 합니다. 그 사람을 불러 시부모님의 모습을 그려 주시기를 청하옵니다. 그리 해 주신다면 단청한 뒤 매일 보고 절하여 소녀의 시부모님 애모하는 마음을 조금이나마 펼 수 있을 것입니다."

부모가 딸을 불쌍히 여겨 허락하고, 유년으로 하여금 화공을 불러 오게 하여 당에 오르게 하였다. 영철이 빈주의 예를 베풀어 후하게 사례하여 사귄 다음, 부모의 나이와 외모, 조선 남녀의 의복 제도를 화공에게 상세히 설명하였다. 화가가 몇 개월 동안 머물면서 세밀하게 생각하여 두 번 세 번 종이를 바꾸더니, 드디어 초상화를 완성하였다. 그림 속의 부모는 무오년 이별할 때의 모습과 흡사하였으나, 조금 노쇠한 빛이 있었다. 영철 부부는 초상화를 받아 집의 동쪽 벽에 걸어 놓은 뒤, 목욕하고 향을 피운 다음 예를 다하여 절을 하였다.

영철 부부의 효행이 주위에 소문나니 그 어짊에 탄복하고 그 효를 칭찬하지 않는 자가 없었다. 영철과 아내는 초상화 속의 부모를 마치 살아 있는 사람 대하듯 새벽과 저녁으로 찾아 문안하고, 외출하거나 돌아올 때도 반드시 인사를 올렸다. 영철이 초상화를 찾을 때마다 매우 슬퍼하는 모습을 보이자 그 처가 영철에게 말하였다.

● **단청(丹靑)하다** 옛날식 집의 벽, 기둥, 천장 따위에 여러 가지 빛깔로 그림이나 무늬를 그리다.
● **빈주(賓主)의 예** 손님과 주인 사이에 지켜야 할 예의.

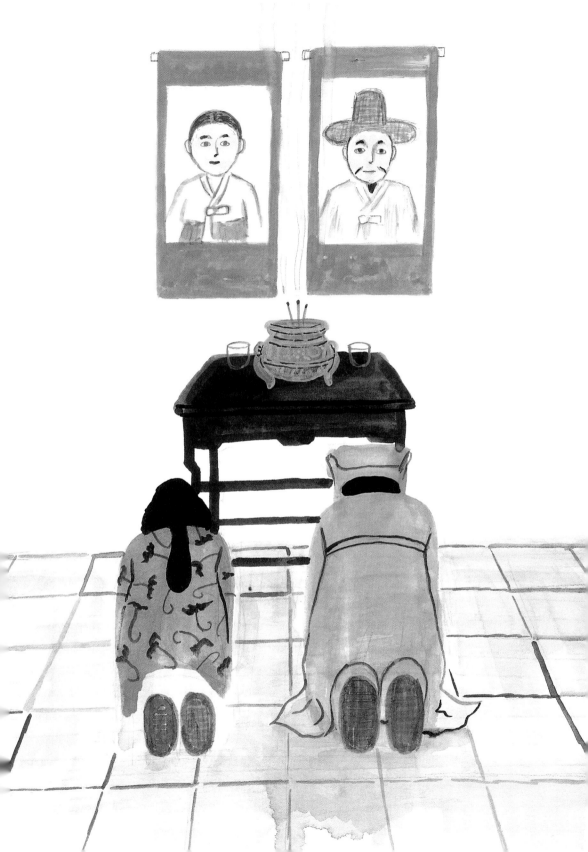

"저희가 비록 시부모님을 직접 뵐 수는 없지만, 이렇게 초상화에 담아 집에 모셨으니 낭군께서는 너무 슬퍼 마시고 몸 잘 돌보세요."

영철이 말하였다.

"당신 말대로 하겠소."

영철이 등주에 온 지 이미 몇 년이 지났다. 등주에는 크고 작은 잔치가 많았는데, 그때마다 사람들이 영철과 유년을 불러 여진족의 노래를 부르게 하고 춤을 추게 하여 흥을 돋우고 선물을 후하게 주었다. 또 영철에게는 조선의 춤과 노래를 청하여 들은 뒤 따로 예물을 주었다. 영철이 조선의 가무를 할 때마다 사람들이 시장터에 가듯 많이 모였고, 여인들은 누각에 오르거나 문에 발을 치고 감상하였다.

하루는 마을 사람들이 많이 모인 잔치에서 영철이 조선의 가무를 공연하고 있었다. 그때 어디선가 두 사람이 함께 걸어왔는데, 의관이 훌륭하고 기품이 있어 누가 봐도 유력자라는 것을 알 수 있었다. 사람들이 일어나 맞이하여 윗자리에 모셨는데, 누구도 어떻게 오게 되었는지 이유를 물을 수 없었다. 유력자 가운데 한 사람이 말하였다.

"최근 조선 사람이 여기에 머물면서 조선의 춤과 노래를 잘한다고 들었는데, 우리도 한번 볼 수 있겠는가?"

소식을 들은 영철이 앞에 나아가 무릎을 꿇어 예를 표하자 두 사람이 말하였다.

"그대는 사해가 모두 한 형제라는 말을 듣지 못했는가? 나라는 크고 작음이 있으나 사람은 같고, 땅은 안팎으로 나뉘어 있으나 하늘은 하나라고 생각하네. 어찌 그대와 내가 조선과 명나라 사람이라고 해서 다름이 있겠는가? 그대가 홀로 등주에 머문다는 소식을 듣고 위로하려 특별히 왔네. 그대는 조선의 가무를 하여 우리 두 노인을 즐겁게 해 주지 아니하겠는가?"

영철이 감히 사양하지 못하고 "예." 하였다. 영철이 물러나 무릎을 꿇고 노래를 부르고, 다시 일어나 춤을 추니 두 사람이 말하였다.

"춤의 절차가 가히 볼만하도다. 노래는 비록 소리를 들으나 뜻을 알 수 없으니, 그대는 나를 위해 뜻을 번역해 주게."

영철이 이에 중국어로 번역하여 말하니, 두 사람이 붓을 들어 종이에 적고 읊조리기를 세 번 반복하며 감상하였다. 또 말하였다.

"단가는 이미 들었네. 장가도 사양하지 말고 한번 불러 주게나."

영철이 두 사람의 명을 받들어 〈관동별곡〉, 〈관서별곡〉, 〈목동사〉를 불렀다. 두 사람이 중국어로 번역하여 베끼고 나서 크게 칭찬하여 말하였다.

"세상 가곡이 무수히 많으나, 격렬하고 호방한 것은 조선의 가사만한 것이 없도다. 무곡(舞曲)은 또한 조용하나 중국보다 낫도다. 조선의 일개 전사가 이러할진대 가무를 직업으로 삼는 사람들은 보지 않아도 그 수준을 알 만하다."

두 사람은 영철의 고향을 묻고, 여기까지 오게 된 사정을 듣더니 차마 가지 못하였다. 해가 저물자 두 사람은 영철에게 각기 비단을 한 필씩 내리고 돌아가며 말하였다.

"우리가 어디선들 다시 보지 못하겠나? 그대 또한 우리를 한번 찾아오게."

그 후에도 귀인들이 영철을 찾아와서 영철의 가무를 감상하곤 하였다. 영철은 이미 관가에서 매월 곡식과 사철 의복과 물자를 받았고, 또 매번 공연을 나갈 때마다 술과 고기와 돈과 비단을 받아 돌아왔다. 가세가 날로 풍요로워지니 그 아내 또한 기뻐하였다.

정유년(1627)에 영철 부부가 아들을 낳으니, 이름을 '득달'이라 하였다. 경유년(1630)에 또 아들을 얻으니, '득길'이라 하였다. 영철에 대한 전 씨의 믿음과 사랑은 날로 두터워지고, 인륜의 즐거움도 커졌다. 명절이나 절기가 되면 성대하게 술과 음식을 갖추어 시부모 초상화 앞에 놓고 부부가 깍듯이 공경하며 절을 한 뒤 서로 말하기를, "우리 자손들도 대대로 이와 같이 하게 합시다." 하였다.

그해 10월 조선 진하사가 등주 항구에 정박하니, 항구는 영철의 집과 불과 십여 리 거리에 있었다. 이에 영철이 해문으로 달려가서 조선 배의 도선주를 보니, 영유현 부가포(富家浦)의 이연생이었다. 본디 둘은 동향 사람이라서 정이 깊은 사이였다. 영철이 기쁨을 이기지 못하여 크게 소리쳐 말하였다.

"너는 이연생이 아니냐?"

연생이 놀라 물었다.

• **진하사**(進賀使) 조선 시대 중국에 보냈던 사신 가운데 하나. 동지사·사은사 다음으로 자주 보냈던 사신으로, 중국에 등극·존호·존익·책립 등의 일이 있을 때 보냈다. 명나라 시기의 사신은 육로를 이용하였으나, 명청 교체기에는 육로를 이용하지 못해 조선에서는 1621년부터 1637년까지 약 17년간 해로를 통해 명나라에 사신을 파견하였다. 1630년 가을에 실제로 정두원을 정사로 한 사신단이 등주에 입항하였다.
• **해문**(海門) 두 육지 사이에 끼어 있는 바다의 통로.
• **도선주**(都船主) 선박 운항 업무를 실질적으로 책임지는 사람.

"너는 누구기에 내 이름을 알고 부르느냐?"

영철이 말하였다.

"나, 영유현 김영철일세. 무오년 전쟁에 나갔다가 다행히 죽지 않고 여기에 와서 살고 있네."

연생이 한참 동안 보더니 과연 김영철이었다. 둘이 서로 붙들고 통곡하니 배 안의 사람들이 모두 놀라 일어났으나 무슨 까닭인지 몰랐다. 영철이 집안 소식을 물으니 연생이 말하였다.

"아, 영철이, 어찌 차마 말을 하겠는가. 정묘년 난리 때, 네 아버지는 안주에서 전사하셨네. 뒤에 집안사람들이 그 시신을 찾았으나 끝내 찾지 못하였네. 네 할아버지는 너무 상심하시어 '영철이 돌아오지 않고 여관이 또한 죽었는데, 늙어 병든 이 한 몸은 죽지도 못하니 어쩌란 말이냐' 하시곤 하였네. 땅을 다 팔아 부처님께 제사하고 밤낮으로 기도하기를, '영철이가 아직 죽지 않았으면 신명이여 도우셔서 돌아오게 하소서. 황천후토께서 혹시 아신다면 나를 불쌍히 여기소서.' 하였네. 얼마 지나지 않아 가산을 다 잃고 살길이 없어서 조카 이룡의 집에 의탁하고 계시네. 네 어머니 또한 소초리 친정으로 돌아가셔서 형제들에게 의탁하고 계시네. 자네 집안 사정을 어찌 차마 다 말할 수 있겠는가."

영철이 이야기를 다 듣지 못하고 통곡하다가 기절하니, 사람들이 와서 구해 주어 깨어났다. 사신이 또한 그 사정을 불쌍히 여겨 물었다.

"너는 과연 고향에 돌아갈 생각이 있느냐? 내가 돌아갈 때 몰래 태워 줄까 하는데, 네 뜻은 어떠하냐?"

영철이 머리를 조아리며 말하였다.

"오랑캐 땅에서 여기까지 도망 온 것은 본디 고향으로 돌아가고자 하였기 때문입니다. 제가 비록 감히 청할 수는 없으나 진실로 바라는 바입니다."

사신이 말하였다.

"그렇다면 너는 집에 돌아가 처자에게 '부모 친척이 모두 난리 중에 죽어 아무도 살아 있는 사람이 없다'고 말하고, 여기 사람들에게 고국으로 돌아갈 뜻이 없다는 것을 알려라. 그런 뒤에야 너를 데려갈 수 있을 것이다."

영철이 절하고 감사해하며, "삼가 하교를 받들겠습니다." 하였다.

영철이 집에 돌아와 통곡하니 그 아내와 이웃 사람들이 놀라 까닭을 물었다. 영철이 대답하기를 사신이 말해 준 대로 하니 그 아내가 말하였다.

"낭군께서는 조선 소식을 어찌 들었단 말이오?"

영철이 말하였다.

"조선 사신 일행 가운데 마침 잘 아는 이가 있어서 소식을 전해 들

· **정묘호란** 1627년 후금의 태종이 조선을 침략한 사건. 인조반정 후 집권한 서인 정권은 친명 배금 정책을 내세웠다. 이에 후금에서 누르하치의 뒤를 이은 태종은 1627년 1월 3만 명의 병력으로 조선을 침공하게 하였다. 후금군은 파죽지세로 남하하여 1월 25일 황주에 이르자, 인조를 비롯한 신하들은 강화로 소현세자는 전주로 피란하였다. 3월 3일 화의가 성립되었으나, 이 전쟁으로 많은 병사와 백성이 죽었다. 이후 1636년 후금이 국호를 '청'이라 고치고 '군신의 의'를 요구하자 조선은 이를 거부하고 같은 해 12월 병자호란이 발생하였다.

· **황천후토**(皇天后土) 하늘의 신과 땅의 신.

· **소초리**(疎草里) 홍세태본에는 '蘇湖(소호, 평안도 영유현에 있던 지명)'로 되어 있음.

었소."

그 처 또한 할 말을 잃고 크게 울고, 시부모 초상화를 보고 또 울고 절하였다. 전 씨의 부모, 유년과 다른 형제들이 모두 와서 조곡을 하고, 원근에서 듣고 안 사람들 또한 모두 흰옷을 입고 와서 조문하는 것이 며칠 동안 끊이지 않았다. 전 씨가 영철에게 말하였다.

"시부모님은 불행히도 세상을 떠나셔서, 다른 자식이 없고 오직 당신만 있습니다. 이 시부모님 초상화를 우리 집에 모시고 제사를 잘 받든다면 시부모님의 영혼도 반드시 저세상에서 평안하실 겁니다."

이에 음식을 정갈하게 준비하여 날마다 제사를 준비하고 상복을 입고 슬피 추모하였다. 영철이 때때로 조선을 향하여 통곡하면 그 처가 말하였다.

"슬픔을 지극히 하여 영혼들에게 곡을 하면 충분한데, 낭군께서는 어찌 이처럼 멀리 동쪽을 바라보며 심하게 우신단 말인가요?"

영철이 아내의 말기운을 살피다가 의심하는 눈치가 있는 줄 알았다. 영철이 날마다 부모님 신위 앞에 나아가 그 아내와 함께 곡을 하나, 그 마음을 동쪽에 두지 않은 적이 없었다. 영철이 때때로 조선의 사행선을 찾아갔으나 한 번도 술과 음식을 조선 사람들에게 대접하지 않았으니, 이는 아내의 의심을 사지 않기 위해서였다. 그 처 또한 매일 가산을 점검하고 동정을 살피니, 영철 또한 그것을 눈치채고 한 푼도 쓰지 않아 아내의 의심을 지우려 하였다.

신미년(1631)에 사신이 북경으로부터 일을 마치고 등주로 돌아와 떠날 날을 기다리고 있었다. 영철이 몰래 사행선을 찾아가니 사신이 말하였다.

"지난번 네 사정을 불쌍히 여겨 너를 데리고 돌아가고자 하였는데, 황제께서 조서를 내려 너에게 옷과 곡식을 내리고 아내를 얻어 여기 살게 하셨다는 말씀을 들었다. 이제 황제의 허락이 없이는 너를 데리고 갈 수가 없다. 너는 다시는 돌아갈 생각을 말고 몸을 잘 지켜 편안히 살도록 하거라."

이에 영철은 억지로 청할 수 없음을 알고 눈물을 머금고 절하였다. 영철이 날이 저물어 집으로 돌아오니 그 아내가 몹시 기다리고 있다가 영철에게 화를 내며 말하였다.

"오늘 낭군께서 배를 찾아가 조선 사람을 만나고 오신 것은 분명 까닭이 있을 것입니다."

영철이 말하였다.

"부모가 모두 돌아가셨으니 서신을 맡길 곳도 없소. 고향 사람이 곧 돌아간다고 해서 인정상 인사를 한 것뿐이오. 어찌 다른 뜻이 있겠소?"

이날 밤 영철이 아내와 촛불을 밝히고 앉아 이런저런 이야기를 나누다 잠시 홀로 생각하였다.

'내가 만약 처자를 사랑하여 끝내 여기에 머문다면 돌아가신 부친의

● 조곡(弔哭) 죽은 사람을 슬퍼하고 추모하는 뜻으로 소리 내어 우는 울음.
● 신위(神位) 죽은 이의 영혼이 의지할 자리. 제사할 때 모시는 위패(位牌) 혹은 신주(神主)나 지방(紙榜) 같은 것을 말한다.

유해를 거둘 사람이 아무도 없고 노모는 의탁할 곳이 없으니, 이는 나의 평생 한이 될 것이다. 만약 처자를 버리고 돌아간다면 부부의 정과 부자의 은혜는 이로부터 영원히 끊어질 것이니, 이 또한 인정으로는 차마 할 수 없는 것이다.'

두 마음이 얽히어 얼음과 숯이 싸우는 듯하고, 떠날지 머무를지 정하지 못하니, 영철은 심사가 황홀하여 눈물이 자연히 눈자위에 가득하였다. 그 처가 이 모습을 이상하게 여겨 책망하니 영철이 말하였다.

"조선의 사행선은 내일이면 고국을 향해 배를 돌려 돛을 올릴 것이오. 고향 집은 무너지고 문짝도 없어졌을 것이오. 이번 사신의 행차에 이 몸이 살아 있다는 소식을 전하고 싶지만 또한 전할 곳이 없으니, 사람이 목석이 아니고서야 어찌 슬프지 아니하겠소?"

그 처가 듣고 또한 눈물을 흘리며 천천히 말하였다.

"옛사람들 말에 '하늘이 높으나 해시계로 측정할 수 있고, 땅이 비록 넓으나 자로 측정할 수 있다'고 하였습니다. 오직 사람 마음만은 알 수 없으니, 한 뼘 거리도 천 리나 떨어진 듯 멀게 느껴진답니다. 지금 낭군님의 낯빛은 근심이 가득하고 행동은 경황이 없으며 모습은 존재하나 혼백이 없는 듯하니, 저도 몰래 마음에 의심이 듭니다."

영철이 깜짝 놀라 말하였다.

"우리 부부는 각기 만 리 밖에서 살다가 이성에 끌려 결합하였고, 두 아들을 키워 옥이 따뜻해지고 난초가 싹트는 것처럼 화목하니, 사람의 경사스러움이 이보다 더한 것이 무엇이 있겠소? 하물며 부모님의 초상이 여기에 엄연히 있는데 내가 당신을 버리고 어디로 가겠소. 부부 사이에도 마음을 다 알 수 없다고 하는데, 역시 부부의 정과 의리는 차이가 있는가 보오. 나는 더 할 말이 없소."

아내가 말하였다.

"만일 낭군께서 처자식들을 돌아보신다면 차마 버리지 못할 것인데, 그렇다면 건주의 처자는 어찌 그리 하룻밤 사이에 영원히 버렸습니까?"

영철이 말하였다.

"그렇지 않소. 이는 실로 여러 사람이 핍박하여 어쩔 수 없이 한 것이었소. 그때 내가 처자 때문에 다른 사람들의 말을 듣지 않았다면, 그들은 나를 죽이고 흔적을 감추었을 것이오. 이 때문에 내가 남편과 아버지로서의 사랑을 차마 떨치고 생명을 보전하여 오늘 여기에 있는 것이오. 지금은 협박하는 사람도 없고 또 현숙한 아내와 사랑스러운 자식이 있는 집이 있는데 어찌 버릴 수 있다는 말이오."

그 아내가 그 말을 믿고 웃으며 더 이상 말하지 않았다. 영철이 아내에게 물었다.

"술 남은 것이 있소? 오늘 밤은 당신과 함께 마시고 취하고 싶소."

아내가 말하였다.

"제가 깊이 감추어 둔 술이 있습니다. 조선 사신이 돌아갈 때를 기다려 낭군님과 흠뻑 취해 당신의 고향 그리는 정을 위로하고자 하였지요."

영철이 말하였다.

"좋은 술이 있다니 오늘 밤 마십시다. 마시고 남으면 내일 또 마셔도 좋지 않겠소."

아내가 마지못해 술을 내와서 두 사람은 무릎을 마주하고 마셨다. 아내가 비록 술을 좋아하나 주량이 세지 않아 몇 잔 마시지 않고 취하니, 침상에 올라가 팔을 베개 삼아 서로 껴안고 잤다. 이윽고 아내는 아이 우는 소리를 듣고 돌아누워 젖을 물렸다. 그러다 아이의 울음소리가 그치고 아내는 코를 골며 깊이 잠드니, 마침 새벽닭이 울었다.

영철이 몰래 일어나 손에 옷을 쥔 채 문을 열고 나와 조선 사행선이 정박한 곳으로 도망하였다. 영철은 배 안으로 달려 들어가 은밀히 연생에게 말하였다.

"친구여, 나 좀 살려 주게. 해가 뜨면 호송관이 반드시 와서 이 배를 다 뒤지고 금지 물품을 조사할 것이니, 들키지 않도록 나를 은밀한 곳에 숨겨 주게."

연생이 배의 판자를 뜯어내고 영철을 그 안에 숨긴 다음 다시 판자를 덮고 못을 박으니, 배 안의 사람들이 아무도 알지 못하였다. 판자 밑에 몰래 숨어든 영철은 감히 숨도 못 쉴 지경이었다.

날이 밝자 호송관이 배에 올라 배를 뒤지고 금지 물품이 있는지 수색하였다. 조사가 다 끝나기도 전에 영철의 아내와 유년, 친척들 십여 명이 울며 달려와서 호송관에게 말하였다.

"첩의 남편 김영철은 조선인입니다. 오늘 새벽 몰래 도망하였으니 반드시 이 조선 사신의 배에 와서 숨어 있을 것입니다. 첩의 남편을 찾지 못하면 이 배도 출발시키시면 안 됩니다."

호송관과 조선 사신이 깜짝 놀라 즉시 배를 수색하였다. 아침부터

정오까지 몇 번에 걸쳐 샅샅이 뒤졌으나 끝내 찾을 수 없었다. 사람들이 모두 의심스러워 하니 조선 사신이 외치며 말하였다.

"김영철은 이 배에 타지 않았다. 모름지기 놀랄 만한 일은, 어떤 사람이 영철의 처가 샛서방을 두었다 하니, 그녀가 이번 기회를 이용하여 남편을 몰래 죽인 뒤 혹 발각될까 두려워하여 도망쳤다고 하며 일부러 이 배를 뒤지는 것은 아닌지 모르겠다. 그렇지 않다면 영철이 하늘로 날아갔겠는가 땅을 뚫고 들어갔겠는가? 아니라면 어찌 이 배에 없겠는가?"

호송관이 말하였다.

"김영철이 어디 있는지 아직 알 수가 없으니 그가 무사한 줄 어찌 알겠는가?"

전 씨가 남편이 사라진 뒤 간담이 서늘하고 정신이 심란하여 배를 직접 뒤져 찾으려다 그렇게 하지 못하였는데, 밖에서 이 말을 전해 듣고는 화가 머리끝까지 치솟아 하늘을 올려다보고 울부짖었다.

"하늘이시여, 하늘이시여! 원통합니다! 원통합니다! 첩의 남편이 있는 곳을 하늘은 아십니다. 첩만 홀로 알지 못하고 또 이처럼 애매한 말이 귀에 들어오니, 차라리 제가 빨리 죽어 끝내느니만 못합니다. 첩이 본디 박명하여 갑자기 남편을 잃었으니, 마음이 너무나 아파 더 살 이유가 없습니다. 널리 찾고 샅샅이 뒤져서 낭군을 다시 만나려 하는 것뿐인데, 조선 사신은 어찌 저리 욕된 말을 한단 말입니까?"

하고 손으로 가슴을 두드리고 머리로 땅을 치니, 이마에서 피가 흘러 그칠 줄 몰랐다. 양국 사람들이 이 사정을 알고 안타까워하고 슬퍼하고 꾸짖기도 하였는데, 출발하기로 한 길(吉)한 시각이 되었다. 뱃사람들이 닻줄을 올리고 돛을 올리니 배가 순풍을 만나 항구를 떠나기 시작하였다. 전 씨는 해안에 서서 멀리 사라지는 돛대를 보며 가슴을 두드리고 발을 구르며 슬피 울었다. 파도가 울부짖고 하늘의 해도 참담해하니, 짝 잃은 전 씨의 슬픔을 돋우는 듯하였다. 전 씨 일행은 영철 처의 애통해하는 모습이 안타까웠지만 어찌할 바를 알지 못하였다.

그리운 고향으로 향하다

순풍을 안은 배는 화살같이 달려서 어느덧 바다 한가운데까지 나아갔다. 뱃사공 사월이 사신에게 말하였다.

"바람의 기운을 보니 반드시 며칠 동안 불 것입니다. 하늘이 도우시는 것이 아니겠습니까? 이 순풍을 타고 곧바로 큰 바다로 나가면 이삼일이 넘지 않아 우리나라에 도달할 수 있을 것입니다."

사신이 말하였다.

"바람이 동으로 불었다가 서쪽으로 불고, 불었다가 그치는 것이 어찌 생각대로 되는 것인가? 자네 말을 믿어도 되겠는가?"

사월이 말하였다.

"소인들은 배 타는 것을 업으로 삼고 오랫동안 바다 위에 있어서 사방의 바람 기운에 대해 모르는 것이 없사옵니다."

사신이 말하였다.

"수로는 전적으로 너희에게 달렸다. 몇 개월의 일정이 삼 일 안에 끝난다면 이 어찌 하늘의 도우심이 아니겠느냐?"

이에 돛을 밧줄로 단단히 묶고 돛대와 노를 점검하게 하고 동쪽으로 향하니, 해 뜨는 것을 기준으로 삼아 동서를 판단하였다. 다음 날 아침 갑자기 사람 목소리가 들리는데, 갑판 밑에서 들려왔다.

"살려 주시오. 살려 주시오!"

어디서 실낱같은 소리가 그치지 않고 계속 들려왔다. 사신이 놀라 물었다.

"이 무슨 소리냐? 얼른 찾아보아라."

이때 연생이 사신 앞에 나아가 고하였다.

"김영철이 어제부터 판자 밑에 숨어 있었습니다."

사신이 경악하여 판자 밑에서 꺼내 주도록 하니, 과연 영철이었다. 사신이 한동안 말없이 있더니 연생에게 말하였다.

"고국의 사람을 내가 맡았는데 이제 어찌 차마 죽일 수 있겠느냐. 하지만 다른 날 이 일이 탄로 나면 그 벌이 가볍지 않을 것이다. 그러나 이 일을 끝까지 숨기기는 어려울 것이니, 시작과 끝이 모두 너로 인하여 일어났고 유죄든 무죄든 너에게 모든 책임이 있음을 명심하거라. 내가 돌아가더라도 이 일을 조정에 고하지는 못할 것이니 너는 영철과 함께 고향으로 돌아가라. 사람들에게는 '고향 친구를 다른 나라에서 만났는데 차마 그냥 두고 올 수 없어서 사신을 속이고 몰래 태워 왔다'고 하여라. 그리하면 뒤에 비록 탄로가 나더라도 그 죄는 무겁지 않을 것이다."

다른 사람들도 모두 사신의 말대로 하기로 했다. 사신은 곧 영철에게 음식을 주고 옷을 갈아입혔다. 과연 한번 분 바람은 삼 일 내내 불어, 다음 날 낮에 배는 벌써 평양 석다산 밑에 도착하였다.

사신이 육지에 내린 뒤, 연생은 사신에게 사직 인사를 올리고 다시 배를 타고 영철과 함께 고향으로 향하였다. 영철은 연생의 집에서 하룻밤을 묵고, 이튿날 날이 밝자마자 고향 마을을 찾아갔다. 마을은 적막하고 산과 개울의 풍경도 변하여 모두 예전의 모습이 아니었다. 이웃집 사람이 영철을 쳐다보았으나 미처 알아보지 못하였다. 영철이 무너진 집 앞에서 통곡하고 식구들의 안부를 물으니, 그 답한 것이 연생이 알려 준 것과 같았다. 곧이어 영철의 소식을 들은 마을 사람들이 모여들어 영철을 보고 서로 끌어안고 울더니, 영철의 할아버지는 안녕하시며 어머니는 친정에 가 있다는 소식을 다투어 전해 주었다.

영철은 당숙 이룡의 집을 찾아갔다. 영철의 할아버지가 마침 문을 나서려고 지팡이를 짚고 남쪽을 향해 섰다가 한 사람이 황급히 오는 것을 보았다. 누구냐고 묻기도 전에 영철이 급히 다가와서는 땅에 엎드려 크게 울며 말하였다.

"할아버지, 할아버지! 영철이가 죽지 않고 돌아왔습니다!"

그의 할아버지가 황홀하여 말을 할 겨를도 없이 영철을 끌어안고 통곡하였다. 집안의 늙은이와 아이들 할 것 없이 다 나와서 보고 우

• **이룡** 영철의 작은할아버지인 영화의 아들로, 영철에게는 당숙이다.

니, 우는 소리가 하늘을 울렸다. 할아버지가 영철의 손을 잡고 울고 말하였다.

"네가 사지로 떠난 지 14년인데, 너는 사람이냐 귀신이냐? 오늘 만난 것이 꿈은 아니냐? 이것이 과연 사실이냐? 이제 네 얼굴을 보니 네 아비를 본 듯한데, 네 아비는 어디로 가서 너를 보러 오지 않느냐? 나는 늘, 내가 먼저 죽어서 네 아비를 아비 없고 자식 없는 사람으로 만들까 봐 두려웠다. 그런데 네 아비가 나보다 먼저 죽어 나를 지금까지 살아 있게 하여 네가 살아 돌아온 것을 보게 될 줄 어찌 알았겠느냐?"

이에 다시 오열하며 말을 잇지 못하였다. 곁에 있던 이룡이 그 아비 영화의 생사를 물으니, 영철이 말하였다.

"당숙, 작은할아버지께서는 우리 군대가 패한 날 다행히 적의 칼끝을 피하였는데, 뒤에 후금 사람들에게 죽임을 당하였습니다."

이 소식을 듣고 이룡이 땅에 엎어져 정신을 잃고 까무러쳤다. 한참 뒤에야 깨어나더니 처자를 이끌고 북쪽을 향하여 통곡하였다. 다음 날, 할아버지는 영철과 함께 소초리로 찾아가서 급히 며느리를 불렀다.

"얘야, 얘야! 영철이가 왔다."

소리를 듣고 영철의 어머니가 엎어지며 뛰어나와 보니, 과연 영철이었다. 세 사람이 옷을 끌어당기고 목을 부여안고 일시에 통곡하였다. 마을 사람들이 모두 뛰어나와서 보고 마치 친척을 보는 듯 감격하며 울었다. 영철이 어머니에게 말하였다.

"제가 중국에 있을 때 이연생에게 아버지께서 돌아가신 소식을 들었어요. 하지만 불효하여 아무것도 하지 못하고 모질게 살아 돌아와 어

머니 얼굴을 뵙게 되었어요. 제가 빨리 죽기를 원했으면 지하에서나 뵐 뻔하였습니다."

그 어머니가 울며 또 말하였다.

"내 이야기를 하자면 길다. 오늘 말고 다른 날에 이야기하자꾸나. 나는 네 아버지가 돌아가신 뒤로 아내가 되어서 남편을 따라 죽지 못한 것과 어머니가 되어서 자식의 생사를 알지 못하는 것을 한스럽게 여겼다. 오늘 네가 이렇게 왔으니 내가 다시 무엇을 근심하겠느냐."

영철이 삼 일을 머문 다음, 아버지가 전사한 곳을 가서 안주성 안팎을 다니며 울었다. 그 유골이라도 찾으려 하였으나 세월이 오래 지나고 강과 벌판도 이미 많이 달라져 끝내 찾지 못하였다. 이에 어머니는 감추어 둔 남편의 초혼할 옷을 가져와 남편의 혼을 불러 저세상으로 돌려보냈다. 모친은 영철에게 "내가 죽으면 이 옷도 같이 묻어 다오." 하고 부탁하였다. 영철은 울며 그러겠다고 하였다.

영철은 비록 고향으로 돌아왔으나 밭과 집이 없어 먹고살 길이 막막하였다. 할아버지와 어머니는 다른 사람 집에 가서 더부살이하고 있었고, 사는 집도 멀어 서로 간에 소식도 전하기 힘들었다. 영철은 할아버지와 어머니가 사는 곳을 왕래하다가 길바닥에 주저앉아 울어 버렸다.

"이연생의 은혜가 아니었다면 내가 어찌 돌아와 두 분을 만나 뵙고, 또 아버지께서 전사하신 곳을 찾아 울 수 있었을까."

영철은 매일 이렇게 혼잣말을 하곤 하였다. 또 연생을 몇 번이고 찾아가 고마운 마음을 전하였다.

"연생이, 내 이생에서는 자네에게 보답할 길이 없고, 죽어 결초보은

하겠네."

영철은 가끔 연생의 배에 올라 바다를 다니다가 서쪽을 바라보고는 탄식하였다.

"연생이, 이 바다 건너편에는 등주 땅이 있지. 아, 나는 부부간의 의와 부자간의 정을 모두 끊어 버린 사람이네. 술을 마시고 천 번이라도 저 드넓은 파도에 눈물을 뿌려 이 먼뎃정〔遠情(원정)〕을 전하고 싶네. 하지만 어찌 그럴 수 있겠는가? 내 처는 나를 배반하지 않았지만 나는 내 처를 버렸네. 은혜를 저버린 죄는 내가 달게 받아야지. 그러나 의에는 경중이 있고 은혜에도 대소가 있으니, 낸들 어찌하겠는가?"

연생이 위로하며 말하였다.

"영철이, 어쩌겠는가. 이 모든 것을 너그럽게 받아들이게. 우리 마을에 이군수라는 사람이 있는데, 집이 풍족하고 딸이 있다고 하네. 딸의 나이가 올해 열여덟인데, 용모도 아름답고 성정이 유순하며 바느질도 잘한다는데, 반드시 시부모를 잘 섬기고 가업을 잘 이룰 것이니, 내 자네를 위해 중매를 서 보겠네."

* **초혼(招魂)** 상례(喪禮) 중에서 사람이 죽은 직후에 육신을 떠나는 죽은 사람의 영혼을 부르는 의례.《예서》에는 "죽은 사람의 웃옷을 가지고 지붕에 올라서거나 마당에서 왼손으로 옷깃을 잡고 오른손으로는 허리를 잡고 북쪽을 향해 흔들면서, 남자는 관직명이나 자(字)를, 여자는 이름을 부른다."라고 하고 있다.
* **결초보은(結草報恩)** 풀을 맺어서 은혜를 갚는다는 뜻. 춘추 전국 시대에 진나라에 있었던 고사에서 유래한다. 위무자라는 사람이 평소에 아들에게 이르기를, 자기가 죽거든 서모(아버지의 첩)를 개가시키라고 일렀다. 그러나 막상 죽음에 임박해서는 서모를 순장시키라고 하였다. 그러나 아들은 평소 아버지의 말을 따라 서모를 개가시켰다. 후에 아들이 전쟁에 나가 싸우다가 쫓기게 되었는데, 서모 아버지의 죽은 넋이 적군의 앞길에 풀을 맞잡아 매어 적군이 걸려 넘어지게 하였다. 너무나 깊고 큰 은혜에 감복해서 죽은 후에도 은혜를 잊지 아니하고 갚겠다는 다짐의 말로 많이 쓰인다.

영철이 맹세하며 말하였다.

"만약 자네가 이 일을 도와준다면, 나는 다시 태어나서라도 은혜를 갚겠네."

이날 저녁 연생이 이군수를 보러 가서 이 뜻을 말하자, 군수가 허락하지 않았다.

"내 그 사람에 대해 들으니, 인생이 험하고 복이 없고 오랑캐 땅에 몇 년 살다가 명나라에서도 육칠 년 살았다고 하더군. 하지만 두 나라에서 처자식을 지키지 못하였고, 몇 번이나 황급한 위기를 만나 호된 어려움을 겪었다고 들었네. 앞으로 다시 무슨 일이 있을지 모르는데, 자네는 다시 이 이야기를 꺼내지도 말게."

연생이 말하였다.

"어르신, 그렇지 않습니다. 영철이 멀리 타국에서 떠돌았던 것은 시대가 그래서이지 복이 없어서가 아닙니다. 영철은 두 노인을 봉양하기 위해서 고향으로 도망쳐 돌아왔습니다. 그렇기 때문에 양국의 처자를 버릴 수밖에 없었습니다. 이 효자에게 상을 주면 주었지, 어찌 허물이 있다 하겠습니까? 또 자녀를 얻는 것은 하늘이 정해 주지 않으면 할 수 없는 것입니다. 영철이 처음에 우리나라에 있다가 오랑캐 땅으로 들어가 처자를 둔 것은 하늘의 뜻입니다. 명나라로 옮겨 가 양갓집 여자에게 장가가서 두 아들을 낳은 것도 또한 하늘이 돕지 않았다면 어찌 그럴 수가 있겠습니까? 지금 고국으로 돌아와서 어르신의 따님을 아내로 맞이하려는 것도 하늘의 뜻입니다. 영철이 비록 두 아내와 네 아들을 두었다 하더라도 만 리가 넘는 서북쪽에 있으니 자식이 없는 것과 마찬가지입니다. 영철은 조상의 후손을 계속 이어 가고자 하여 어르신의 집안에 혼사를 청하였습니다. 만약 허락하시어 자식을 얻는다면 이는 하늘이 영철을 후하게 대접하는 것입니다. 어르신께서는 어찌 의심이 그리 깊으십니까?"

이로부터 두세 번 힘써 권하였으나 군수는 끝내 허락하지 않았다. 얼마 뒤 영철의 할아버지가 사람을 시켜 군수에게 부탁의 말을 전하였다.

"이 늙은이는 시골에 있고, 늙고 병들어 사람들과 교류를 끊은 지 오래되었소. 그대를 보지 못한 것이 벌써 몇 년이 지났소만, 한번 굽혀 옛정을 펴는 것을 아끼지 말았으면 하오."

이군수가 이 말을 전해 듣고 즉시 와서 영철이 살아 돌아온 것을 축하하고, 또 영철과 만나 은근하게 말을 주고받았는데, 말마다 반드시 영철의 효를 칭찬하였다. 영철과 그 할아버지가 이군수에게 간곡히 혼사를 구하니, 군수가 웃으며 대답하였다.

"지금 어르신께서 손자를 위하여 구혼하는 것이 이렇듯 지극하신데, 제가 사위를 고르는 데 효자를 구할 수밖에요. 나머지야 무엇을 말하겠습니까!"

이에 돌아가 그 딸과 상의하여 혼약을 정하였다. 영철이 부친상 기한을 끝내자 군수의 딸을 취하여 아내로 맞으니, 이때는 임신년(1632) 12월이었다.

영철이 매번 아내인 이 씨에게 등주 전 씨가 시부모 초상화를 그려 섬겼던 일을 칭찬하니 이 씨가 말하였다.

"초상화를 두고 공경하고 섬기는 일을 어찌 부모님을 직접 모시는

효와 비교할 수 있겠습니까?"

하고 크게 갖추어 시할아버지와 시어머니에게 찾아가 잘 봉양하고 장수하시기를 비니 마을 사람들이 모두 칭찬하였다. 이 씨가 돌아와서 그 부모에게 말하였다.

"여자가 남편의 집에 시집가서 시부모를 공양하는 것은 사람이 해야 할 떳떳한 도리입니다. 지금 시댁은 쇠락하여 의지할 것이 없으니, 제가 어찌 마음에 부끄럽지 않겠습니까?"

이 씨 부모가 듣고 불쌍히 여겨 말하였다.

"진실로 너는 근본을 잊지 않는 아이로구나. 여자로서 마음씀씀이가 이와 같으니 내가 무엇을 걱정하겠느냐?"

하고 집 근처에 집을 지어 주고, 또 재산을 나누어 주었다. 이에 영철 부부는 할아버지와 어머니를 맞이하여 모시고 정성으로 봉양하니, 두 노인이 먹고살 걱정을 덜었다. 무오년(1634)에 영철이 아들을 얻고, 병자년(1636)에 영철의 할아버지가 병으로 죽었다. 할아버지가 임종할 때 영철에게 일러 말하였다.

"네가 돌아오기 전, 나는 자식도 손자도 없고 의지할 곳도 없이 외롭게 살았다. 그런데 천지신명이 도우셔서 네가 돌아오고, 네가 다시 아름다운 아내와 결혼하여 예쁜 아이를 얻었으니 나는 이제 죽어도 여한이 없다."

<김영철전>에 그려진 동아시아 세계

청나라에서 명나라를 거쳐 조선으로

<김영철전>에서 주인공이 겪는 현실은 참으로 스펙터클해요. 평범했던 인물이 전쟁에
참여하면서 삶이 송두리째 달라지지요. 포로가 되었다가 탈출하고, 정착하는 듯하다가
다시 조선으로 탈출하는데, 그 과정에서 두 번의 결혼으로 청나라와 명나라에 각각
처자식을 두기도 합니다. 우여곡절 끝에 고향으로 돌아온 김영철의 고달픈 노정을 한번
따라가 볼까요?

국내외 주요 배경

〈김영철전〉에는 조선조 어떤 소설보다 넓은 세상과 다양한 인물들이 그려져 있어요. 국내만 보아도 영철이 출생하고 자랐던 평안도 영유현, 몇 개월간 출전을 대기하던 압록강 유역의 창성군, 영철의 부친이 정묘호란(1627년) 때 전사한 안주성, 영철이 1631년 사행선을 타고 들어온 평양 석다산(石多山), 노년에 20여 년간 성지기를 한 자모산성 등이 등장합니다.

당시 청나라와 명나라의 지역을 보면, 1619년 심하 전투 때 갔던 요녕성의 전투 노정과 부찰 지역, 포로 생활을 했던 건주 지역, 1625년 8월 건주를 탈출하여 영원성, 북경을 거쳐 산동성 등주로 가는 길, 1631년 4월 등주 항에 정박해 있던 조선의 사행선에 잠입하여 평양 석다산 항을 통해 고국으로 돌아오는 바닷길, 병자호란 뒤 출전했던 중국의 개주(蓋州) 전투, 금주(錦州) 전투 등이 나타납니다.

〈김영철전〉에 그려진 동아시아 지역과 옛길

지도에서 영유현은 김영철의 고향이고, '창성-우모령-부찰-허투알라'로 이어지는 길은 조선군의 심하 전투 참전 길이에요. 건주에서 무순, 심양, 영원성 등으로 가는 길은 김영철의 1차 탈출 노정입니다. 작품에 의하면, 영철은 1625년 8월경 명군 출신 10명과 함께 명나라로 탈출을 감행하는데, 건주를 출발하여 무순, 심양, 신민, 이도정, 광녕을 거쳐 금주, 영원성까지 가서 명나라 군에 투항했고, 거기서 산해관을 거쳐 북경으로 조사받기 위해 갔어요. 그리고 조사를 받은 후 이듬해 북경을 출발해 제남, 청주, 내주 등의 길을 거쳐 등주에 왔지요. 북경에서 등주에 이르는 길은 조선의 사신들이 뱃길로 등주에 와서 북경으로 올라왔던 육로와 일치합니다.

그러고 보면 심양에서부터 북경까지의 1차 탈출 노정은 조선 사신들의 육로 사행로와 거의 일치해요. 또 북경에서부터 제남-청주-내주-등주의 길은 조선 사신들의 해로 사행로의 육로이며, 등주에서부터 묘도-황성도-평도-삼선도-장산도-석성도-녹도-차우도-증산(甑山) 석다산까지의 바닷길은 해로 사행로의 해로와 일치합니다. 김영철이 다녔던 중국의 길이 조선 사신들의 사행로와 일치한다는 사실은 김영철의 탈출 노정이 실제 사실이거나, 사행로를 참고하여 작가가 주인공의 이동 경로를 그럴싸하게 설정했음을 보여줍니다.

다시 종군하여 전란에 휘말리다

이해 겨울 병자호란이 일어나 청병이 조선을 침략하고 남한산성을 포위한 뒤 4개월을 보냈다. 정축년(1637) 3월, 조선과 청군이 강화하여 포위를 풀고 돌아갈 때, 한 고산 대장을 머물게 하여 공유덕, 경중명의 군사들로 하여금 전함을 끌어 모으게 하였다. 영유현 현령 이회는 배를 정비하는 임무를 맡았는데, 영철이 세 나라 말을 잘한다는 소식을 듣고 그를 군사로 뽑아 두루 일을 맡겼다.

이때 왕세자와 대군이 청나라에 볼모로 잡혀가면서 고산의 군대를 쫓아 영유현에 머물렀다. 영유현 현령 이회가 영철을 고산 군문에 일을 하도록 보냈는데, 이때 한 청나라 군사가 영철을 잡아 포박하도록 하며 말하였다.

"이자는 예전에 우리 숙부 아라나 장군의 집에서 육칠 년간 일을 하던 놈이다. 숙부께서 이놈을 매우 후대하였고 또 처제를 아내로 주었는데, 아들 둘을 낳은 뒤 한인 오랑캐들과 명나라로 도망갔다. 네가 여기에 와서 살고 있는 줄 알았으니, 내 이제 너를 잡아가서 숙부께서 반드시 죽이게 하겠다."

영유현 현령 이회가 이 소식을 듣고 깜짝 놀라 달려와서 청나라 군사를 구슬려 말하였다.

"영철이 주인의 말을 훔쳐 도망한 것은 한족 포로들에게 협박당해서 어쩔 수 없이 그런 것이지 일부러 그런 것이 아니라고 합니다. 이제 와서 이 사람을 죽인들 무슨 이익이 있겠습니까? 하지만 영철이 말 값을 손해 보게 하고 주인을 배반한 죄가 있으니, 제가 대신 말 값을 변상한다면 이 사람을 용서해 주시겠습니까?"

이회가 청 군사에게 남초를 권하니 그가 받아 피웠다. 청 군사는 이회에게 말 값에 더해 담뱃대를 요구하며 말하였다.

"담뱃대 삼십 개를 준다면 내 이자를 놓아주겠소."

이에 이회가 군대 안에 담뱃대를 널리 구하였으나 겨우 예닐곱 개밖

• **고산**(高山) 청나라 장군의 호칭.
• **공유덕**(?~1652) 청나라 장수로 요양 출신이다. 명나라 모문룡의 부하이고 산동성에서 난을 일으키고 청나라에 귀순하여 명나라를 공격하는 데 공을 세우고 1636년 정남왕(定南王)의 작위를 받았다.
• **경중명**(?~1649) 명을 배반하고 청나라에 투항한 장수. 청이 가도를 공격하기 위해 공유덕과 함께 군함을 정비하게 하였을 때, 조선에게 수군을 뽑아 보내도록 하였다.
• **소현세자와 봉림대군** 1637년 조선이 병자호란 때 패배한 후 인조의 두 아들 소현세자와 봉림대군을 청나라에 볼모로 보내기로 했는데, 이해 3월 두 왕자가 영유현을 지나갔다.
• **남초**(南草) 담배. 이때 담배는 매우 귀하고 비싼 물건이었다.

에 얻지 못하고, 그 나머지는 구할 길이 없었다. 세자와 대군이 이 소식을 듣고 딱하게 여겨 통역관에게 지시하여 간신히 삼십 개를 채워 줄 수 있었다. 이에 청나라 군사가 말하였다.

"이놈의 죄가 매우 크지만 말 값을 갚아 목숨을 살리고자 하는 현령의 뜻이 가상합니다. 내 살려 주겠소."

이에 이회가 자신이 타고 있던 말을 내어주니, 청나라 군사가 말하였다.

"이 말의 골격이 우리 숙부 말만큼은 못하지만, 숙부에게 끌고 가 바칠 만은 하오."

이어 영철에게 말하였다.

"숙부는 황제를 좇아 조선으로 왔다가 돌아가셨다. 건주에 사는 네 처자는 무사하다. 나는 건주에 가서 너를 위하여 네가 조선에 잘 있다고 소식을 전해 주겠다."

영철이 감사해하며 말하였다.

"그와 같이 해 주신다면, 이로부터 부자간 소식을 알 수 있을 것입니다."

각설, 병자년(1636)에 이연생이 다시 사행선의 도선주가 되어 사신의 행렬을 좇아갔다가 산동성 등주 항구에 정박하였다. 며칠이 지난 뒤, 영철의 처 전 씨가 두 아들을 데리고 유년과 함께 연생을 찾아와 물었다.

"도선주님, 제 남편 김영철은 몇 년 전 반드시 조선으로 돌아갔을 것인데, 그 뒤로 한 번도 소식을 전해 듣지 못하였으니, 이 가슴 아프고 우울한 정은 어디에도 하소연할 곳이 없습니다. 도선주님께서는 저를 위하여 명확한 말씀을 해 주시어 제가 받고 있는 의심을 풀어 주십시오."

연생이 말하였다.

"몇 년 전 해가 지도록 배를 다 뒤졌지만 끝내 찾지 못하였건만, 지금 다시 나에게 따지는 것은 어째서입니까? 다시는 나에게 물어보지 말고 저 바다에 물어보시오."

이에 전 씨와 유년은 감히 다시 묻지 못하고 손을 들어 동쪽을 가리키더니, 바다를 바라보며 눈물을 머금었다. 전 씨는 하늘을 향해 부르짖으며 통곡하고 나서 아들들의 손을 잡고 돌아갔다.

이때 사신이 등주를 출발하여 북경에 도착하여 옥하관(玉河館)에 머물고 있다가, 청국이 군대를 크게 일으켜 조선을 침략한 사실을 전해 들었다. 명나라 사람들이 말하기를, "조선 군대가 너무 약해 청나라를 이기지 못할 거야." 하였다. 정축년(1637) 봄, 남한산성이 함락되었다는 소식을 듣고 북경 황성에서는 깜짝 놀라 성안 사람들이 눈물을 흘리며 말하였다.

"아, 조선 사신이 다시는 황성에 오지 못하겠구나. 중국과 조선은 일가가 되어 거의 삼백 년 동안 지내 왔는데, 이제 우리나라가 힘을 잃고 조선을 돕지 못해 이 지경에 이르렀도다! 아, 슬프도다! 조선의 사신이 언제 다시 황성을 찾을 수 있단 말인가!"

조선 사신이 북경을 떠나는 날, 도성의 인민과 길가에 지켜보던 사람들이 모두 슬피 눈물을 흘렸다. 사행단이 등주에 도착하자 전 씨가 다시 아들 둘을 데리고 오빠 유년과 함께 사행선에 머물고 있던 연생을 찾아와서 말하였다.

"도선주님, 매번 조선의 사신이 들어올 때마다 남편 소식을 알아보고자 하였지만, 당신들은 외국인인 데다 본디 인정이 없어서 끝내 사실대로 말해 주지 않더군요. 첩은 조선 사람을 만날 때마다 남편의 얼굴을 보는 듯해요. 이번에 불행히 조선이 청나라에게 항복하여 이제 다시는 조선 사신이 이곳으로 오지 않는다고 합니다. 이 소식이 사실이라면 더욱 의지할 곳이 없으니, 제 마음은 찢어질 듯 아픕니다. 아, 도선주님께서도 사람이라면 어찌 첩을 불쌍히 여기는 마음이 없으십니까? 부디 한 번만이라도 명백하게 말해 주셔서 저의 백년지한을 풀어 주시기 바랍니다. 오늘 도선주님을 뵈러 온 것은 진실을 듣지 않으면 살아서는 평생 원을 품을 것이고, 죽어서도 지하에서 잠들지 못할 것 같아서입니다. 도선주님께서는 군자가 되어 어찌 이다지도 무정하십니까?"

연생이 그 뜻을 참혹하게 여겨 이에 말하였다.

"낭자, 영철은 진실로 할아버지와 어머니를 잊지 못하여 고국으로 돌아가서 진심으로 효를 다하고 있습니다. 다시 어진 아내를 맞아 아들을 낳았지만, 매번 낭자를 생각할 때마나 잠을 이루지 못하고 먹지도 못하여 하루라도 얼굴에서 슬픈 빛이 사라진 날이 없습니다. 나와 대화할 때면 문득 자신의 운명이 기구함을 탄식하고, 혹 함께 배를 타면 바닷물을 가리키며 '이 바다가 물결치면 등주에 닿을 테고, 내가 처

자를 생각하듯 내 아내와 아들들도 항구를 출입하면서 날마다 나를 생각하겠지? 내가 파도에 눈물을 보탠다면 그 파도가 등주 처자에게 닿아 나의 사랑과 잊지 못하는 정을 어찌 알려 주지 않겠는가!' 하며 탄식합니다. 영철의 괴로움과 한스러움, 슬픈 정이 어찌 낭자와 다르겠습니까?"

전 씨가 이야기를 다 듣고는 괴로이 부르짖으며 통곡하였다. 그리고 눈물을 씻으며 말하였다.

"아, 도선주님, 감사합니다. 당신께서 끝내 입을 다물었다면 제가 어찌 남편의 소식을 알 수 있었겠습니까? 하물며 시할아버지와 시어머님께서 모두 안녕하시고, 남편 또한 병 없이 가정을 이루어 살고 있다고 하니, 저는 오늘 죽더라도 원망이 없습니다."

전유년이 이 말을 듣고 목이 메어 아무 말도 하지 못하다가, 하늘을 올려다보고 길게 탄식하며 말하였다.

"나의 누이는 영철과 다시는 만나기 어려울 것이니, 누이의 인생이 박명하도다. 하지만 영철은 할아버지와 어머니께 효를 다하여 자식 된 도리를 버리지 않았으니, 진실로 대장부라 이를 만하다. 또한 건주 강가에서 처음 세운 계획을 이루었으니 '뜻이 있는 자는 일을 이룬다'는 옛말이 틀림없도다. 이제 누이는 남편이 잘 있는 줄 알았으니 의혹이 풀렸도다. 또한 예전에 조선 사신이 했던 더러운 말도 이젠 씻게 되었다. 인생에서 이별은 너무 오래 마음에 품지 말아야 할 것이니, 어찌할 수 있는 것이 아니지 않느냐?"

전 씨가 연생에게 다시 물었다.

"도선주님이 여기 오실 때 제 남편이 편지라도 한 장 전해 주지 않았나요?"

연생이 말하였다.

"영철이 조선으로 돌아온 것은 사신도 모르고 조정에서도 모릅니다. 떠난 날부터 지금까지 행적을 비밀스럽게 하고 숨어 살고 있습니다. 그래서 감히 사행선에 편지를 맡기는 것은 생각도 못하고, 다만 제가 말로 전할 수 있을 뿐입니다."

전 씨가 말하였다.

"도선주께서 잠시 기다려 주신다면 제가 편지 한 장 써 드릴 테니, 제 남편에게 전해 주시겠어요?"

연생이 말하였다.

"사신이 떠나기를 재촉하니 늦추기가 어렵습니다. 짧은 시간에 편지 쓰기가 어려우니, 낭자께서는 말로 편지를 대신하면 좋겠습니다."

말이 끝나자 뱃머리를 돌려 바다로 향하니, 전 씨가 슬피 울며 연생에게 말하였다.

"부디 남편께 이 말씀을 전해 주세요.

슬프다, 백년지정(百年之情)이 만 리 바다에 막혔구나.

나의 정을 알리고 싶지만 이 바다가 얕도다!

이 바다가 마르기 전에는 옛정 잊지 말기를 바랍니다."

연생이 영유현에 돌아와서 그 이야기를 영철에게 다 전하니, 영철이 서쪽으로 등주를 바라보며 종일 크게 울었다. 그해 영철이 양국 처자의 소식을 듣게 되었으니 참으로 기이한 일이었다.

임경업 장군을 도와 공을 세우다

정축년(1637) 이후, 청병은 중원 땅을 차지하려고 매일같이 명나라 영토를 침략하였다. 1639년 청 태종이 조선에 군대를 내어 명나라를 협공하도록 하니, 조정에서는 수군 오천 명을 파병하고 임경업과 이완 장군을 각각 주장과 부장으로 임명하였다. 임경업이 출전하기 전, 영철이 중국어와 만주어를 다 할 줄 안다는 사실을 알고 크게 기뻐하여 불러 참전하도록 하였다. 조선 수군이 이듬해 4월 배를 출발하여 6월에 개주위(蓋州衛)에 도착하였다. 청나라와 조선의 전함이 명나라 전함을 마주하고 바다 가운데 늘어섰다.

어느 날 밤, 임경업이 영철과 장관 이수남을 시켜 작은 배를 타고 명나라 진중으로 몰래 보내면서 다음과 같이 말을 전하도록 하였다.

내일 싸움에서 우리 군대는 탄환을 뺄 것이니, 명나라에서도 화살촉을 빼 주십시오. 그리고 우리 군대가 패한 척하며 항복할 것이니, 이것으로써 우리나라가 명나라에 대한 의리를 배신하지 않았다는 것을 나타내고자 합니다.

이 말을 전해 듣고 명나라 장수가 크게 기뻐하여 답서를 써 주고, 백금 서른 냥과 청포(靑布) 서른 필을 두 사람에게 각기 상으로 내렸다. 영철이 절을 하고 나와 배에 오르려고 하는데, 불빛을 헤치고 문득 한 사람이 뛰어나오더니 영철의 손을 잡고 말하였다.

"영철이, 자네가 어디에서 오는 길인가?"

영철이 놀라 바라보니 바로 전유년이었다. 두 사람이 서로 보고 너무 기뻐 말을 잇지 못하였다. 한참 뒤에 유년이 말하였다.

"올해 봄, 이연생을 통해서 자네가 무사히 돌아갔다는 소식을 들었네. 하지만 땅이 만 리나 떨어져 있고 바다는 동서로 나뉘어져 다시 보기를 기약하지 못하였더니, 오늘 다시 보게 될 줄은 생각도 못하였네."

영철이 처자의 안부를 겨우 물어보고, 상으로 받은 청포 서른 필을 유년에게 주며 말하였다.

"이것을 처자에게 전해 주게."

그러고는 갈 길이 시급하여 다시 말을 잇지 못하였다. 곧바로 군중으로 돌아오니 이미 날이 밝았다. 임경업이 답서를 보고 매우 기뻐하였다. 그러나 다 읽기도 전에 문득 청나라 진영에서 작은 배가 급하게 요동치며 달려오더니 장수 둘이 배 안으로 뛰어들었다. 임경업이 깜짝 놀라 눈을 휘둥그레 뜨자 한 군사가 그 답서를 얼른 숨겼다. 청나라 장수들이 임경업을 데려가더니 그의 신을 벗기고 몸 전체를 수색하며 말하였다.

"아까 작은 배가 명나라 진중에서 나와 이곳으로 들어왔으니, 반드시 문서가 있으리라."

이에 배와 배에 탔던 사람들의 옷을 다 뒤졌으나 끝내 아무것도 찾아내지 못하였다. 사공 두 사람 또한 깜짝 놀라 배 안에 있었는데, 청 장수들이 그들을 데리고 가서 날카로운 칼을 목과 배에 대고 위협하며 심문하였다. 두 사람은 소리 높여 모른다고 잡아떼었다. 그러자 청 장수들은 두 사람을 조선 군중으로 데리고 오더니 목을 베어 사람들을 두렵게 하였다. 청 장수들이 다시 영철과 수남을 노려보니, 영철과 수남은 사색이 되어 어찌할 바를 몰랐다. 임경업은 평온한 얼굴을 하고 일어나 청 장수들을 이끌고 자리에 올라 좋은 술을 먹이고 남초를 권하며 달래었으나 일이 여의치 않았다. 이에 경업은 기고관 김덕중에게 영철과 수남을 작은 섬으로 데리고 가 목을 베라고 명하였다. 김덕중이 그 뜻을 알고 두 사람을 섬으로 데려가 정말 형을 집행하는 듯한 자세를 하더니, 두 사람의 코에서 살짝 피를 내어 칼에 칠하여 돌아와서 호장들에게 보였다. 그러자 호장들이 웃고 돌아갔다.

이때 영철과 수남뿐만 아니라 임경업 또한 매우 위험한 지경에 처했으나, 시중들던 자들이 납서를 감추고, 또 두 사람이 죽음을 무릅쓰고 사실을 말하지 않아 끝내 무사할 수 있었다. 훗날 청나라 장수가

＊ 기고관(旗鼓官) 싸움터에서 쓰는 군기와 북을 관리하는 벼슬 이름.

또 임경업을 붙잡아 가서는 질책하여 그 일이 발각되었다.

　이날 낮 열두 시쯤 명나라 전함 이십여 척이 큰 깃발을 날리며 나발을 불고 북을 울리며 조선 군중으로 달려들었다. 임경업은 진중에 밀령을 내려 말하였다.

　아군은 오늘 싸움에서 반드시 승리하지 않아도 괜찮다. 명나라가 임진년 우리 나라에 베푼 은혜를 어찌 잊겠느냐? 포수들은 모두 탄환을 빼고 발포하라.

　이렇게 영을 내리니, 포수들이 명령대로 탄환을 빼고 총을 쏘았다. 명나라 수군 역시 화살촉을 뺀 채 화살을 쏘니, 양군이 싸웠으나 한 사람도 다치는 자가 없었다. 하지만 명군이 조선군을 포위하고 쇠갈고리로 조선 배를 끌어당기니, 조선군 가운데 크게 겁먹은 자가 생겨 장군의 명령을 따르지 않고 총에 탄환을 몰래 장착하고 쏘아 댔다. 이에 명군 중에 죽는 자가 많이 생기자 크게 놀라 징을 울려서 포위를 풀고 물러났다.

　이날 저녁, 청나라 장수가 사신을 보내어 임경업에게 전승을 치하하였다. 임경업이 사신과 함께 군막에 들어와 문답을 막 끝냈는데, 청나라 사신이 영철을 이윽히 보더니 물었다.

　"당신은 김영철이 아니오?"

　영철이 놀라 대꾸하였다.

　"저는 그 사람이 누구인지 모릅니다."

　사신이 말하였다.

"형님, 저는 득북의 외삼촌입니다. 형님이 우리나라에 있을 때는 제가 어렸는데, 이제 저는 장성하고 형님은 나이가 드셨구려. 제가 형님의 옛 얼굴을 기억하여 형님을 알아보았지만, 형님은 저를 몰라보는 것이 이상할 게 없지요. 형님이 도망한 뒤로 살았는지 죽었는지를 몰랐습니다. 정축년 봄에 아라나 장군의 조카가 조선에서 형님을 보고 또 형님의 전마(戰馬)를 가지고 돌아와서 비로소 누이와 조카들이 형님이 조선으로 돌아간 것을 알게 되었습니다. 그러나 아라나 장군은 형님의 소식이 끊긴 것을 매우 한스러워하고 있으니, 형님이 여기 계신 줄 알면 반드시 그냥 두지 않을 겁니다. 누이와 조카들은 아직 건주

* **훗날 청나라 ~ 일이 발각되었다.** 이 일은 사실이 아니다. 뒤에 명나라 장수들이 청에 투항하여 누설하는 바람에 이 일이 알려졌다.
* **밀령(密令)** 은밀히 내리는 명령.

옛집에서 살고, 아라나 장군은 심양에 살고 있습니다. 조선으로 돌아가실 때 부디 조심하셔서, 아라나 장군이 눈치채지 않도록 하세요."

건주 처남이 영철에게 말할 때마다 꼭 '형님'이라 부르며 손을 잡고 기뻐하는 모습은 등주 처남 전유년과 흡사하였다. 임경업이 이를 매우 기이하게 여기고 그에게 예물을 후히 주어 보냈다.

이 싸움에서 명나라 수군은 대패하고 돌아갔다. 며칠 동안 명나라 수군이 자취를 감추자 청장은 조선군에게 배를 두고 육지에 오르게 하였다. 영철의 처남이 술과 고기를 가지고 조선 군중을 찾아와 영철에게 대접하였다. 그가 친형제처럼 영철을 높이고 후히 대접하니, 혹시 아라나 장군이 영철의 처남을 해롭게 할까 걱정될 정도였다. 영철이 이에 말하였다.

"처남, 이후로 내가 비록 처남을 다시 만나더라도 눈으로만 정을 보낼 터이니, 다른 사람들이 우리 사이를 알면 좋지 않은 일이 생길까 두렵네."

가져온 술이 다 떨어지자 영철의 처남은 영철에게 고별하고 갔다.

청 태종이 조선군에게 전선에 남아 있는 군량미를 해주위로 옮기게 하고, 부장에게는 노약자를 먼저 데리고 조선으로 돌아가게 하였다. 그리고 젊은 정예병을 뽑아 임경업으로 하여금 금주위를 공격하게 하였다. 영철은 전에 상으로 얻은 백금 서른 냥으로 말을 사서 종군하여, 겨울을 보내고 조선으로 돌아왔다.

금주성 전투에서 건주 아들과 재회하다

신미년(1641)에 청 태종이 또 조선에 청병을 하였다. 그러자 조선 조정에서는 유림을 상장(上將, 우두머리 장수)으로 하고 영유현 현령 전단을 좌영장으로 삼아 안주에서 대군을 진 치고 이끌게 하였다. 유림이 전령을 보내어 영철을 호출하니, 영철이 또 유림의 부하가 되어 종군하였다. 청 태종은 금주위를 자주 공격하였으나 공략되지 않자, 이번에는 몸소 대병을 이끌고 참전하였다. 그리고 여덟 고산(高山)으로 하여금 철기를 많이 이끌게 하여, 밤낮으로 금주위를 공격하였다. 금주위는 포위당한 지 오래되었고, 또 연일 전투가 계속되면서 군자금 또한 바다나서 며칠 못 가 함락될 것 같았다. 지난번과 미친가지로 이번 금

● 철기(鐵騎) 쇠로 만든 갑옷을 입은 기병.

111

주 전투에서도 영남 병사들이 방어군에 보충되었는데, 이들이 소리를 높여 말하였다.

"명 황제의 은혜를 어찌 배신할 수 있으랴! 오늘의 전투에서 아군은 진실로 화살촉을 뽑고 탄환을 빼 임진년 우리를 구해 준 은혜를 갚는 것이 옳도다."

그러자 다른 군사들이 "옳소!" 하였다. 전투가 일어나자 조선군이 날카로운 화살을 무수히 쏘았지만, 명군 중에 죽는 자가 한 사람도 없었다. 청군들이 이를 의심하여 청나라 군사 둘을 보내어 조선 군사들을 감시하였다. 어쩔 수 없이 조선군이 탄환을 넣어 쏘고, 촉을 달아 화살을 쏘니, 명군들이 활을 맞아 쓰러지고 총에 맞아 죽은 이가 많았다. 명나라 군사들이 성 안쪽으로 후퇴하여 성 위에 커다란 푸른 깃발을 세우고는 조선 장졸들에게 크게 소리 질렀다.

"신종 황제께서 조선 백성들에게 널리 은혜를 베풀었거늘, 어찌 너희가 우리를 향해 이같이 총과 화살을 쏠 수 있느냐?"

이 말을 들은 조선 장졸들이 기운을 잃고 모두들 참담해하였다. 영남 병사들은 소리 내어 울기도 하였다.

고산 대장들이 매번 명군과 싸울 때면 반드시 조선 군중에 사신을 보내어 작전을 상의하였는데, 유림 장군이 갑자기 영철을 시켜 회답하여 보고하도록 하였다. 하루는 청장이 전령과 군사 몇 명을 거느리고 오더니, 곧 대진(大陣)을 몰아 조선 진중으로 들어왔다. 주장 유림이 청장을 이끌어 마주 앉아 환담하면서 영철에게 통역을 하게 하였다. 청장이 청 태종의 영을 전할 때 자주 영철을 자세히 보고 이어 말을 하였다.

"너의 용모는 익숙하고 말소리도 매우 귀에 익구나. 나는 너를 아는데, 너는 어찌 나를 모르는 체하느냐?"

영철이 비로소 옛 주인인 줄 알고 즉시 일어나 절하고 말하였다.

"장군, 영철이옵니다. 사죄드립니다. 전에 저는 혼자였고, 무리가 위협하여서 할 수 없이 전마를 훔쳐 타고 도망하였으니, 그 죄는 비록 크나 주인의 은혜를 일찍이 한 번도 잊은 적이 없습니다."

이에 유림과 장수들이 모두 돌아보며 깜짝 놀랐다. 아라나가 영철에게 일러 말하였다.

"나는 네게 세 가지 큰 은혜를 베풀었고, 너는 내게 세 가지 큰 죄를 지었다. 너는 이를 아느냐? 네가 막 참살을 당하게 되었을 때 내가 너를 힘써 구하여 목숨을 살려 준 것이 첫 번째 은혜다. 네가 두 번 도망하였으나 내가 그 죄를 관대히 여겨 용서해 준 것이 두 번째 은혜이고, 나의 처제를 네 아내로 삼게 하여 건주의 산업으로 너를 먹고살게 해 준 것이 세 번째 은혜다. 너는 내게 후한 은혜를 받았으나 끝내 세 번 도망한 것이 첫 번째 죄요, 내가 심양에서 경계한 말을 생각하지 않고 명나라 놈들이랑 마음을 같이하여 처자를 배반하고 도망한 것이 두 번째 죄요, 도망한 죄뿐 아니라 나의 준마를 세 마리나 도적질한

---

* **신종**(神宗) 명나라 제13대 황제로 이름이 주익균(1563-1620)이다. 신종은 1592년 임진왜란 때 일본군이 조선을 침략하자 명군을 조선에 파병하여 일본군과 맞서 싸우게 하였다. 이 때문에 조선에서는 신종 황제의 은혜를 칭송하였다.

것이 세 번째 죄다. 나는 너를 원망스럽게 하지 않았는데 너는 나를 배반하였고, 아끼는 말을 훔쳐 달아났다. 나는 이것을 지금도 한스럽게 여긴다. 이것은 내가 너를 배반한 것이 아니라 네가 나를 진실로 배반한 것이다. 내 이제 너를 잡아 끌고 가서 황제께 고하고, 너의 목을 베어 나의 쌓인 원한과 깊은 노여움을 풀겠노라."

말을 마치자 아라나가 종들을 시켜 바로 영철을 결박하였다. 영철이 울며 말하였다.

"처를 버리고 말을 훔친 것은 비록 무리에게 협박을 당하여 그런 것이나 어찌 무죄라고 감히 말씀드리겠습니까. 저의 죄는 제가 진실로 압니다. 하지만 이전에 주인의 조카가 돌아갈 때 저의 전마를 보내었으니, 너그럽게 용서하여 주시기를 바랍니다."

아라나가 말하였다.

"그 일은 이미 내가 알았으나, 오늘은 너를 반드시 죽여 내 마음을 상쾌하게 하리라."

이에 유림이 나서며 말하였다.

"이 사람이 장군의 은혜를 잊고 말을 도둑질한 그 죄는 실로 만 번 죽어도 마땅합니다. 하지만 전에 구하였다가 이제 죽이시면 이는 덕이 아닙니다. 제가 마땅한 값으로 이 사람의 죗값을 치를 것이니, 장군은 사람 살리시는 덕을 온전케 하소서. 또 이 사람 스스로 그 죄를 알고 부끄러워하고 두려워할 겨를을 주소서."

그러고는 곱게 썬 남초 수백 근을 꺼내어 주었다. 이때 심양에서는 남초가 매우 귀하여 보물처럼 여겼다. 아라나가 처음에는 받지 않았으나 한참 뒤에 받으며 말하였다.

"나는 이자를 반드시 능지처참하고자 하였으나 장군께서 의기를 내어 나를 감동시키니, 내가 만약 헛된 분노로 장군의 뜻을 물리친다면 나는 장부가 아니오."

아라나는 유림이 준 선물을 받고 결박한 것을 풀어 주었다. 영철이 땅에 엎드려 머리를 찧으며 인사하니, 아라나가 일으켜 앉게 한 다음 말하였다.

"네가 이미 여기 왔으니, 네 아들을 보고자 하느냐?"

"제 아들 득북이 여기에 왔단 말입니까?"

"득북이 막 종군하여 여기에 왔다."

하고 즉시 부하를 불러 득북에게 말을 전하게 하였다.

"네 아버지가 지금 조선군에 있는데, 급히 와서 보아라."

득북이 기다시피 와서 부자가 서로 껴안고 통곡하니, 말과 옷은 서로 달랐으나 그 모습과 목소리는 조금도 다름이 없었다. 온 군사들이 크게 놀라 탄식하지 않는 자가 없었다. 득북이 아비에게 말하였다.

"제가 아버지와 떨어진 것이 불과 다섯 살 때라 아버지의 용모는 잘 기억하지 못하였습니다. 어머니께서는 늘 제 머리를 쓰다듬으시면서, '네 아버지는 조선인이다. 너희 형제를 낳고 나를 버리고 도망하였는데, 만약 중간에 죽지 않고 살아 있으면 반드시 중국으로 돌아올 것이다.' 하셨습니다. 그 후에 소문을 들으니, 아버지께서 조선으로 돌아가셨다고 해서 늘 꿈에라도 한번 뵈면 한이 없겠다고 생각하였습니다. 어찌 이 전쟁터에서 만나게 될 줄 알았겠습니까? 만일 아라나 장군이

아니었다면 같은 군중에 있었더라도 어찌 알았겠습니까?"

영철이 울며 물었다.

"득건은 지금 어디에 있느냐?"

"득건과 어머니는 건주 옛집에 같이 살고 있습니다. 모두 무사합니다."

아라나가 유림에게 인사하고 가면서 영철을 돌아보며 말하였다.

"앞으로 영철 부자를 계속 만나게 하시오."

영철이 거듭 감사해하며 진 밖으로 나와 배웅하였다. 이로부터 득북은 하루도 빠짐없이 작은 수레로 술과 음식, 야채와 과일을 싣고 와서 영철을 대접하였다. 영철은 먼저 주장에게 좋은 음식을 바친 뒤, 남은 음식을 고생하는 장졸들과 나누어 먹었다.

이때 명나라에서 수십만 군사를 이끌고 금주위를 구하러 오니, 청병이 날마다 명나라 군대와 싸웠다. 청병이 십삼산 아래 주둔하였는데, 깃발은 하늘을 덮고 창끝과 칼끝은 햇빛에 빛났다. 청 태종은 여덟 고산에게 철기 수천 기를 뽑아 대기하도록 호령하고, 먼저 일만 기를 이끌어 산 밑 들판에 진을 폈다. 만 기 군사들의 입에 재갈을 물려 십삼산에 매복하였다가 명군 진을 좌우로 돌격하여 깨니, 전투하는 소리가 밤에도 끊이지 않고, 불화살의 불빛과 화약은 마치 공중에서 별들이

---

* **십삼산**(十三山) 중국 요령성 금주시 석산진에 있는 산. 조선 시대 사신들은 연행록에 흔히 '석산참(石山站)' 또는 '십삼산(十三山)' 등으로 기록하였다. 압록강 연안의 의주에서부터 북경까지의 노정에서 그 절반에 해당하는 지점이다.

흘러 떨어지는 것 같았다.

날이 밝자 양국의 진영이 모두 물러났다. 이윽고 명군 진영에서 불을 피우다가 작은 소란이 생겼는데, 아침밥을 짓다가 일어난 화재 사고였다. 청 태종이 그 기회를 놓치지 않고 대군을 몰아 곧바로 쳐들어가니, 좌우에 매복한 병사들과 여덟 고산 휘하의 철기들의 총공격에 명나라 병사들은 거의 몰살을 당하다시피 하였다. 청군들이 명군 진영을 종횡으로 달리며 죽이고 진영을 나갔다 들어오며 격파하니, 명나라 병사들이 사방으로 흩어지다가 손도 쓰지 못하고 적의 말발굽 아래에서 하릴없이 죽어 갔다.

청나라 장수가 조선 진영에 전령을 보내어 말하기를, "조선의 장수들은 다 와서 우리의 승리를 보라." 하였다. 조선 장수들이 고산들을 따라 전장으로 가서 보니, 시체가 들에 산처럼 쌓였고, 피는 흘러 강을 이루고, 갑옷과 무기들은 성처럼 높이 쌓여서 그 수를 셀 수 없었다. 장수들이 고산들을 향하여 대승을 치하하자 청장은 웃으며 말하였다.

"저 명군의 일만 병사를 하루아침에 전멸시켰으니 성을 함락하는 것은 시간문제로다!"

영철이 주장 유림의 명령을 받고 청군 진영에 들어가 전승을 치하하자 청 태종이 매우 기뻐하였다. 영철이 막 인사하고 물러나오는데, 아라나가 청 태종 앞에 섰다가 영철을 지목하여 청 황제에게 고하였다.

"폐하, 이자는 조선인 항졸로서 일찍이 기미년에 신의 가노가 되었습니다. 뒤에 소신의 전마를 훔쳐 타고 은혜를 배반하고 도망하였으니, 그 죄는 죽어 마땅합니다. 청컨대 법에 따라 처단하여 주소서."

청 태종이 영철에게 물었다.

"이 말이 사실이냐?"

영철이 땅에 이마를 찧어 예를 표하고 말하였다.

"장군의 말이 맞습니다. 소인은 주인께 후한 은혜를 입어 처자식을 먹여 살릴 수 있었고, 또 돈벌이도 있었으니 어찌 도망할 마음이 있었겠습니까? 다만 함께 있던 한족 무리가 핍박하여서 부득이하게 등주로 도망친 것입니다. 등주에서 육칠 년간 살면서 아내를 얻고 자식을 낳았습니다. 하지만 고향 그리는 마음에 다시 조선으로 도망하여 모친을 봉양한 지 이제 십여 년이 지났습니다. 근래 진중에서 아라나 장군을 만나 결박당하였으나, 주장 유림이 큰돈으로 제 죗값을 치러 풀려났습니다. 아라나 장군은 그 뒤로 소인의 아들 득북을 불러 부자가 상봉하도록 해 주었습니다. 그런데 오늘 다시 죗값을 청하는 것은 너무 심한 것이 아닙니까?"

청 태종이 아라나에게 물었다.

"네가 과연 영철을 조선 진중에서 만나 말 값을 받았는가?"

아라나가 대답하였다.

"폐하, 그렇습니다. 하지만 이자의 죄가 너무 무거워서 소신이 다시 죄를 청하는 것입니다."

청 태종이 남쪽으로 중원을 바라보다가 한참 뒤에야 말을 이었다.

"영철은 본디 조선인으로, 우리 백성이 된 지 6년이고, 명나라 백성이 되어 또 6년을 있었고, 이제 다시 조선 백성이 되었으니, 조선의 백성도 우리 백성이라. 전에 죽음을 무릅쓰고 도망하였다가 지금은 양국 통사가 되어 일하다가 짐에게 와서 알현하니, 이는 우연이 아니로다. 또 그의 장자가 우리 군중에 있고, 둘째 아들은 건주에 있으니, 영철 부자는 모두 짐의 자식들이로다. 저 등주에 있는 두 아들 또한 어찌 짐의 백성이 아니겠느냐? 이자의 일로 말한다면, 짐은 천하를 얻는 일이 멀지 않았도다. 이자에게 어찌 죄를 물을 수 있단 말인가?"

그러고는 아라나에게 말하였다.

"장군은 다시 이자를 괴롭히지 말라. 남아가 한번 한 약속은 천금보다 무겁다."

그러자 아라나의 얼굴에 부끄러운 빛이 있었다. 청 태종이 다시 말

하였다.

"영철의 일을 네가 말하지 않았다면 짐이 어찌 알았겠는가?"

이에 아라나에게 비단 열 필을 내리라는 명을 하자 아라나가 크게 기뻐하며 무릎을 꿇고 감사해했다. 청 태종이 영철에게 죽을 먹이고 향기로운 술을 내려 마시게 한 뒤 비단 열 필과 좋은 말 한 필을 하사하였다. 영철이 절하고 사례하며 말하였다.

"지금 소인이 살아 있는 것은 오로지 아라나 장군 덕분이옵니다. 그런데 소인은 배은망덕한 일만 하였습니다. 원컨대 이 말을 장군에게 바쳐 전날 소인의 죗값을 치르고자 합니다."

청 태종이 웃으며 말하였다.

"진실로 너는 스스로 허물을 알고 옛 은혜를 잊지 않는 자라 이를 만하다. 짐이 이미 너에게 준 것이니 네가 하고 싶은 대로 하라."

영철이 곧 말을 아라나에게 바쳤다. 청 태종이 다시 청노새 한 마리를 영철에게 주었다. 영철이 그 앞에서 절하고 노새를 끌고 나갔다. 아라나가 군문 밖에서 영철을 전송하며 말하였다.

"내가 처의 명으로 너에게 제수를 허락하였고, 너를 골육과 같이 대하였다. 그런데 네가 나를 배신하고 도망하였다. 그래서 나는 늘 너를 한번 보면 반드시 죽이려는 계획이 있었다. 그런데 오늘 너로 인하여 나와 네가 황제로부터 큰 상을 같이 받을 줄 어찌 생각이나 하였겠느냐? 이것은 일신의 큰 행운이요 천하의 큰 영광이다. 이 감격스러움이야 어찌 너와 내가 다르겠느냐? 이후로 너는 아무쪼록 나를 잘 따라 시기와 의혹이 없도록 하라."

영철이 답하여 말하였다.

"주인의 은혜는 뼈에 새겼으니 어찌 자주 왕래하지 않겠습니까? 다만 돌아갈 날이 멀지 않았으니 이것이 한스럽습니다. 저의 두 아들은 아직 건주에 있으니, 원컨대 주인께서는 특별히 사랑해 주소서."

"득북 형제는 나의 일가이다. 네가 말하지 않더라도 나의 사랑은 특별하다."

영철이 말을 달려 조선 진영에 돌아와서 황제로부터 술을 받아 마시던 일과 상 받은 연유를 구체적으로 주장에 보고하니, 주장 이하 모두가 영철의 언변을 칭찬하고 또 청 태종의 큰 도량에 감복하였다. 이날,

득북이 영철에게 와서 말하였다.

"아버지께서는 아라나 장군과 더불어 황제로부터 큰 상을 얻고 아라나 장군으로부터도 죄를 완전히 용서받으셨다고 들었습니다. 행운과 영광이 이보다 더 큰 것이 없습니다. 저는 하늘의 도움을 입어 이곳에서 아버지를 뵐 수 있었으나 아우 득건은 어머니와 함께 있으면서 아직 아버지의 얼굴을 알지 못하니 부자의 정을 어느 때에야 펼 수 있을까요? 아버지께서 타시는 말을 얻어 돌아가 득건에게 주어 아버지 생각하는 마음을 위로한다면 어떻겠습니까?"

영철이 이 말을 듣고 평소 자신이 타고 다니던 말을 아우에게 전해 주도록 하고, 또 청 태종으로부터 받은 비단 열 필을 득북에게 주었다.

이날 밤 주장 유림이 영철을 불러 말하였다.

"너는 이미 말이 있고 또 청노새를 얻었으니, 군중에서 두 마리 말을 먹이기는 참으로 어려울 것이다. 노새를 나에게 팔면 어떻겠느냐?"

영철이 대답하여 말하였다.

"장군, 제가 본래 타고 다니던 말은 이미 건주의 둘째 아들에게 전해 주도록 하였고, 지금은 상으로 하사받은 청노새만 있습니다. 청나라 진영을 왕래할 때 이 말을 타야 다른 사람들에게 과시할 수 있으니 지금은 그렇게 할 수가 없습니다."

이에 주장이 그렇게 여겼다.

득북은 아버지로부터 받은 비단을 가지고 두 사람의 옷을 만들어 가지고 왔다. 부자가 그 옷을 같이 입으니 군사들이 보고 칭찬하였다.

몇 개월이 지나자 조선에서 교체 병력이 와서 유림은 군사들을 데리고 돌아갈 준비를 하였다. 영철이 떠나기에 앞서 아라나와 득북이 술과 음식을 가지고 와서 영철을 전별하였다. 영철이 매우 취하여 득북의 손을 잡고 눈물을 흘리며 목이 메어 말하였다.

"너와 내가 천만리 밖에서 살다가 십칠 년 만에 상봉하였고, 같이 지낸 지 거의 반년이 되었다. 이제 곧 영원한 이별을 할 것이니, 내 마음은 어떻겠느냐? 이제 한번 압록강을 건너가면 다시는 너를 만날 기약이 없으니, 아들아 어쩌면 좋으냐. 어쩌면 좋단 말이냐!"

득북 또한 비통함을 이기지 못하고 목이 메어 말을 잇지 못하였다. 다만 말하기를, "아버지의 말씀은 돌아가 어머니와 동생에게 꼭 전하겠습니다." 하였다.

영철은 또한 아라나의 손을 잡고 후한 은혜에 거듭 감사하며 이별하였다. 아라나가 영철을 측은하게 여기며 말하였다.

"이제 너를 다시 볼 기약이 없으니 부디 잘 돌아가고, 북풍이 불거든 두 아들을 기억하거라."

사르후 전투, 영원성 전투, 금주 전투

〈김영철전〉에서 영철은 여러 전투에 참여해요. 후금을 세우고 이어 청 태조가 된 누르하치가 이끌었던 전쟁에서부터, 누르하치의 여덟 번째 아들인 홍타이지(제2대 황제, 청 태종)가 이끌었던 전쟁에 이르기까지, 청이 중국을 통일해 가는 과정에서 명나라와 치렀던 여러 전쟁에 참여한 것이지요. 조선은 처음에는 명나라를 위해, 그리고 나중에는 청나라를 위해 군사를 파병했어요. 어떤 전쟁들이 있었는지 한번 살펴볼까요?

사르후 전투

사르후 전투는 1619년 명군과 조선군, 여진족까지 포함한 연합군 10만 명이 요녕성 무순시 철배산 일대와 신빈현, 본계시 환인현 등지에서 후금군 3만 명과 싸운 전투를 말해요. 명군의 총대장인 요동경략 양호는 1619년 2월 요양성에서 출정식을 갖고 10만 대군을 동로군, 서로군, 남로군, 북로군 총 4개 부대로 나눠 당시 후금의 수도인 허투알라를 향해 진격시켰습니다.

하지만 후금의 누르하치가 이끄는 군대는 신속한 기동 작전을 펴서 명군 5만 명을 사살하는 대승을 거두었지요. 1618년 무순성과 청하성을 함락한 후금이 사르후 전투까지 승리하게 됨으로써 누르하치는 중원을 도모하는 기점을 마련했어요. 심하

누르하치

전투는 사르후 전투의 일부 구간에서 벌어진 전투입니다.

영원성 전투

영원성 전투는 1626년 1월, 지금의 중국 요녕성 흥성시 일대에서 명나라와 후금 사이에 벌어진 전투예요. 이때 영원성을 지키던 원숭환 (1584~1630) 장군은 2만여 명의 병력을 이끌고 16만 대군을 이끌고 침공한 누르하치의 군대를 물리쳐요. 누르하치는 심양까지 후퇴를 했고, 그때 입은 상처로 그해 9월 30일 사망하고 홍타이지가 2대 황제로 등극했습니다.

원숭환

<김영철전>에는 영원성의 장수 이름이 기록되지 않았지만, 당시 영원성을 지키던 장수는 원숭환입니다. 소설에서 1625년 8월에 영원성에 도착한 전유년과 영철 일행은 원숭환 장군 밑에서 후금군의 공격에 대비했고, 이듬해 1월 성을 공격해 온 누르하치의 군대를 패퇴시킨 것입니다.

영원성 전투 장면

금주 전투

병자호란 때 승리한 청나라는 1639년 말부터 명나라의 근거지인 금주위(지금의 요녕성 성경 지방)를 공격하기 위해 조선 조정에 군사 파병과 군량미 원조를 강력하게 요구했어요. 명나라를 섬기던 조선으로서는 얄궂은 운명이었지요. 이에 조정에서는 청나라의 요청에 의해 임경업을 총대장으로, 황해병사 이완을 부장(副將)으로 삼아 군사를 준비시켰습니다. 이듬해 4월 임경업은 전선 120척, 사공 1323명, 활 사수 1000명, 포수 4000명, 화약 1만 근, 총알 4만 2000개, 조총 4170정, 군량미 1만 7160석 등의 병력과 보급품을 가지고 안주를 출발해 금주위로 향했어요. 임경업은 재상 최명길과 비밀 계획을 짜서 승려 독보를 보내 이 사실을 등주성을 지키는 명나라 장군 홍승주에게 알려 싸움을 피하자고 했다고 전해져요. 실제로 임경업의 함대는 청나라 장군의 지휘에 따라 움직이기는 했지만, 명나라 배를 만나더라도 싸우지 않았습니다. 나중에 이 사실이 청나라에 알려져 임경업은 청나라로 끌려갔다고 하네요.

임경업

이완

가난의 나락으로 떨어지다

영철이 봉황성으로 돌아오니, 유림이 영철에게 분부하여 말하였다.

"아라나가 너를 죽이려고 하였을 때 내가 아라나에게 바친 선물은 호조가 군수용으로 지급한 물자였다. 그동안 쓴 품목을 이제 문서로 기록해서 호조로 보냈다. 이것은 군수용이기 때문에 감면할 수 없는 것이니, 너는 본국으로 돌아가는 대로 돈을 지부에 바쳐야 할 것이다."

영철이 듣고 경악하여 아무 말도 하지 못하였다. 영철이 집에 돌아오니 노모는 걱정이 없었다. 영철은 아라나가 자기를 죽이려고 했던 일과 득북이 자신을 잘 봉양하여 효행한 일, 청 황제가 후하게 선물을 준 일 등을 일일이 어머니에게 말하였다. 그러자 어머니가 울며 말하였다.

"우리 모자가 무오년(1618)에 처음 이별하고 신미년(1631)에 다시 만났으니, 늙고 병든 이 몸이 너의 보살핌을 받은 지 이미 십 년이 지났다. 나는 이 일이 매번 세상에 다시없을 일이라고 생각하였는데, 이제 너는 또 이국에서 낳은 아들을 십여 년 후에 다시 만나 반년이나 봉양을 받았다니, 이 또한 세상에서 들어 보지 못한 일이로구나. 더구나 청 황제께서 아라나의 옛 원한을 풀게 하고 또 귀한 선물을 너에게 상으로 주셨다니, 이는 더욱 기이한 일이로구나."

영철은 비록 목숨을 온전히 하여 귀국한 것을 다행스럽게 여겼으나, 매번 자신의 몸값으로 치른 비용을 근심하였다. 얼마 지나지 않아 호조에서 공문을 영유현으로 보내어 은화 이백 냥을 바치도록 하였다. 이 때문에 영유현에서는 영철의 친척들을 감옥에 가두고 돈을 갚도록 날마다 재촉하니, 온 집안사람들이 마음이 부산하여 어찌할 바를 몰랐다. 영철의 어머니가 말하였다.

"네가 주장에게 거스른 일이 있느냐?"

"제가 어찌 주장의 명을 거역하였겠습니까? 다만 한 가지 따르지 못한 일이 있으니, 청 황제께서 상으로 내리신 청노새를 유림 장군께서 사고자 하였는데, 제가 말을 타고 청의 군진을 출입하였기 때문에 따르지 못하였습니다."

"아, 말 때문이었구나. 황제께서는 아라나 장군이 너를 다시 괴롭히지 않도록 깨우치고 또 비싼 물건으로 상을 내리셨다. 아라나 장군은 너에 대한 노여움과 원망을 풀고 마침내 너희 부자가 상봉하도록 하고

● 호조(戶曹) 조선 시대에 인구 조사, 세금, 돈과 곡식 등 나라의 재정 관리 업무를 주관하던 중앙 부처.

헤어질 때는 측은히 여겼다. 그런데 우리 장수는 처음엔 기꺼운 마음으로 너의 죗값을 치러 주더니, 뒤에는 무슨 원망이 있기에 너를 이토록 빚더미에 빠지게 하였겠느냐? 아, 청노새 때문이 아니었더냐?"

영철이 머리를 떨구고 울며 말하였다.

"제가 만 번 죽을 위험을 무릅쓰고 도망쳐 돌아왔는데, 몇 번이나 다시 종군하여 바다와 육지로 가 보지 않은 전쟁터가 없습니다. 죽을 위험을 다 겪으며 공을 세웠건만 조정에서는 조그만 상 하나 없고, 돈 갚기는 어찌 이리 가혹하게 재촉한단 말인가?"

영철은 할 수 없이 청 황제로부터 받은 노새를 팔아 백금을 바치고, 나머지 백 냥은 친척들로부터 도움을 받아 간신히 갚을 수 있었다. 그뿐 아니라 영철이 십여 년간 종군하면서 빚진 것이 매우 많았는데, 그 돈은 갚을 길이 없었다. 이에 남은 가산을 모두 팔아 갚고 나니 너무 가난하여 죽도 먹기 힘들었다. 영철은 매번 처자식 앞에서 이렇게 말하였다.

"옛날 등주에 있을 때는 돈벌이가 풍족해서 매일 배불리 먹고 취하여 인간 세상에 굶주림이 있는 줄도 몰랐소. 건주에서 살 때는 집에 아내와 땅이 있었고, 말 달리고 칼만 잘 쓰면 그만이었고, 술과 고기는 원하는 만큼 먹었소. 이제 늙어서 재산이 바닥나고 집은 망하여 입에 풀칠하기도 힘드니, 어찌 내 운명이 아니리오. 내가 하늘을 원망하겠는가, 남을 탓하겠는가? 내게 고국 그리워하는 마음만 없었더라도 이 지경에까지 이르지는 않았을 텐데……."

이 씨가 연이어 아들 셋을 낳았으니, 이름이 이상, 이발, 기발이었다. 기해년(1659)에 조정에서 자모산성을 서로(西路, 황해도와 평안도) 관문의 땅으로 삼고자 하였다. 그런데 정착민이 적어서 군역을 면제해 주는 조건으로 거주할 백성들을 모았다. 영철이 어려서부터 종군의 괴로움을 쓰라리게 겪었기 때문에 세 아들의 군역을 덜어 주기 위해 마침내 집안 식구들을 이끌고 자모산성으로 들어갔다. 이때 영철의 나이 예순한 살이었다.

자모산성에 잠들다

영유현의 선비 김응원은 영철과 동향 사람인데, 어느 날 우연히 자모산성을 지나가다가 영철을 방문하였다. 영철은 닭을 잡고 외상으로 술을 사 와서 응원을 대접하고, 세 아들에게 절을 하도록 하였다. 응원이 영철에게 평생 겪은 즐거움과 근심에 대해 물으니, 영철이 얼굴을 찡그리며 말하였다.

"지나간 일을 말하려니 원망과 회한만 더할 뿐입니다. 하지만 장자 (長者)께서 물어보시니 어찌 다 말하지 않을 수 있겠습니까?"

이에 열아홉 살 전쟁 나가기 전 일부터 자모산성에 들어오기까지 자세히 다 말하였다.

"늙고 정신이 없어 빼먹은 부분이 많습니다."

응원이 다시 물어보았다.

"노인께서는 가끔 건주와 등주에 두고 온 가족들이 생각나십니까?"

영철이 눈물을 흘리며 말하였다.

"부부간 정은 깊고 부자간 은혜는 무거운데, 어찌 산천이 떨어져 있고 사는 곳이 다르다고 해서 그 정과 은혜를 저버리겠습니까? 내가 이 성에 산 지 이미 이십 년이 넘었습니다. 날씨가 좋은 날 석양이 질 무렵이면 지팡이를 짚고 성의 높은 곳에 올라 북쪽을 바라봅니다. 우모령 전장이 떠오르면 나도 모르는 사이에 마음이 추워지고 뼈가 놀랍니다. 생각이 건주 처자에 미치면 곧 슬픈 생각이 모여들어서 마음이 어지러워집니다. 서쪽으로 푸른 바다를 바라보면 하늘에 닿을 듯한 큰 파도가 떠오르고, 지팡이로 등주를 가리키면 전 씨와 애틋한 사랑을 주고받고 두 아들의 머리를 손으로 쓰다듬던 모습이 눈에 선합니다. 하지만 칼로 잘라 내듯 사랑을 끊고 도망치던 날을 생각하면 참담하여 눈물이 뚝뚝 백발 밑으로 떨어집니다. 아! 건주와 등주의 처는 모두 아름답고 재주가 뛰어나 조금도 흠잡을 것이 없었는데, 내가 버렸으니 어찌 죄가 아니겠습니까? 생각이 반복되면 부끄러워 견딜 수가 없습니다. 그러나 목숨을 지키고 두 번이나 외국인이 되어 살다가 끝내 고국으로 돌아와 처를 얻어 할아버지와 어머니를 봉양하고, 자녀를 두어 후사를 이었습니다. 다만, 이것으로 제 마음을 위로할 뿐입니다."

"노인께서는 실로 효자십니다. 세 나라에 둔 자녀가 모두 일곱 명이니, 자손 많은 경사는 누구에게도 뒤지지 않습니다. 하늘이 돕지 않았다면 어찌 이 일이 가능하였겠습니까? 다만 노년의 가난함이 가슴 아플 따름입니다."

"제가 지금까지는 별 탈 없이 살아왔지만 죽은 뒤에는 어찌 될지 잘 모르겠습니다. 눈앞에 닥친 일들은 그때그때 처리하였지만, 때때로 하늘을 원망하고 다른 사람을 비난하기도 하였습니다. 노망이 드니 어쩔 수가 없습니다."

"인정으로야 어찌 아름다운 아내와 사랑스러운 자식을 돌아보지 않겠습니까? 하지만 눈 속의 티를 얼른 없애듯 노인께서는 건주와 등주의 처자식들을 버렸지요. 대신 고국으로 돌아와서 돌아가신 부친의 상을 치러 그 슬픔의 정을 다 나타내었고 할아버지와 어머니를 봉양하

였으니, 산 사람을 봉양하고 죽은 이를 장사 지냄에 지극히 효성을 다하였습니다. 노인께서는 참으로 큰 효자이십니다. 그렇지 않다면 어찌 이렇게 할 수 있었겠습니까?"

"큰 효자라니요. 저는 그런 말을 들을 자격이 못 됩니다. 그렇고말고요."

영철이 자모산성에서 살다가 계해년(1683)에 천수를 다 누리고 죽었으니, 나이 85세였다. 그 자녀들이 순안 땅 선산에 조부를 초혼하여 장례 지낸 곁에 부장하였다.

영철이 죽기 얼마 전 김응원이 그의 사적을 글로 써 순영(巡營)을 통해 임금님께 올려 달라고 하였다. 하지만 순찰사는 오래된 일이라고 핑계하고, 임금님이 듣기엔 번거로운 일이라 하여 버리고는 술 한 잔과 쌀 한 말을 내려보냈을 뿐이었다.

조정에서 하는 일들이 이와 같으니, 이래서야 어찌 사람들에게 나라를 위해 죽을힘을 다하라고 말할 수 있겠는가? 김영철의 일대기를 읽으며 길게 탄식할 뿐이다.

- 순영(巡營) 조선 시대에, 관찰사(순찰사)가 직무를 보던 관아.
- 영철이 ~ 하였다. 김응원이 영유현의 승호를 순영을 통해 임금에 상소한 내용이 《조선왕조실록》 숙종 11년(1685) 11월 12일 기록에 서술되어 있다. 이날 기록에는 영유 유생 김응원이 영유현의 승호를 상소하였으나, 임금이 윤허하지 않았다는 내용이 기록되어 있다.

김영철의 전쟁 체험과
〈김영철전〉에 나타난 문제의식

◉ 〈김영철전〉의 줄거리와 김영철의 인생사

1618년 명나라는 요동에서 발흥하고 있는 후금(後金. 뒤에 청나라로 국호를 바꿈)의 세력을 공격하기 위해 조선에 파병을 요청합니다. 조선 정부에서는 강홍립 장군에게 1만 3천 명의 병사를 뽑아 출병하도록 하였습니다. 이때 평안도 영유현 출신의 김영철은 열아홉 살의 나이에 무학(武學) 벼슬을 하고 있다가 출전 명령을 받고 가족과 이별합니다. 영철의 할아버지는 손자가 꼭 살아 돌아오기를 부탁하며, 그 간절한 마음을 "네가 돌아오지 않으면 우리 집안은 대가 끊긴다."라는 말로 표현합니다. 이에 영철은 "반드시 돌아오겠습니다."라고 대답합니다. 애틋하면서도 비장한 장면이지요.

1619년 2월 28일, 조선 부대는 평안북도 창성에서 압록강을 건너 명나라 부대와 연합군을 조직하여 진군합니다. 그러나 3월 4일 조·명 연합군은 후금 군대의 급습을 받아 대패하고, 강홍립 장군은 남은 병사들과 함께 후금에 항복합니다. 포로 김영철은 죽을 위기에 처했는데, 그때 후금 장수 아라나가 후금국 왕에게 김영철이 자기의 죽은 동생과 닮았다며 살려 주기를 청하여 가까스로 살아났습니다.

일단 생명은 건졌지만 건주로 끌려간 김영철은 노비 신세가 되어 아라나 집안의 마구간 일을 합니다. 영철은 조선으로 탈출하려다 잡혀 발뒤꿈치를 자르는 형벌인 월형(刖刑)을 두 번이나 당하였습니다. 다시 탈출하다 잡히면 죽을 위험에 놓였기에 그를 아낀 아라나는 자기의 (남편을 잃은) 제수를 김영철과 혼인시켜 정착하도록 합니다. 주인의 밭과 말을 돌보며 살던 영철은 두 명의 아들을 낳고, 그곳에 정착할 수도 있었습니다. 하지만 그는 고국의 부모를 만나겠다는 일념으로 1625년 8월, 전유년 등 여덟 명의 한인(漢人)들과 산동성 등주를 향하여 목숨을 걸고 탈출합니다.

구사일생으로 건주를 탈출하여 등주까지 온 영철은 그곳에서 몇 년을 머물다가 고향 갈 뜻을 잃고 전유년의 여동생과 결혼하여 자식 둘을 얻습니다. 그는 명나라 조정에서 주는 정착금도 받아 집도 사고 행복하게 살았습니다. 하지만 여전히 고국으로 돌아가려는 생각을 버리지 못했기에, 이번에는 등주에 정박한 조선의 사행선에 숨어 들어가 기어이 꿈에 그리던 고국 땅으로 돌아갑니다. 1618년 고국을 떠난 김영철은 1631년에 마침내 고향으로 돌아왔습니다. 하지만 이미 그의 아버지와 작은할아버지는 선쟁으로 인하여 죽은 지 오래고, 흩어져 살던 할아버지와 어머니를 만나 통곡을 합니다. 다시 고향에 정착하여 같은 마을의 이군수라는 사람의 딸과 혼인하여 아들 넷을 낳으며 열심히 살았습니다.

　하지만 김영철에게는 고국으로 돌아와 가족과 재회하는 것으로 현실의 모든 문제가 다 풀린 것은 아니었습니다. 한편으론 중국에 두고 온 처자들에 대한 죄책감이 끊임없이 그를 괴롭혔고, 한편으론 명나라와 청나라 사이에 전쟁이 일어나서 다시 출전해야 했습니다. 병자호란 때 청나라에 항복을 한 조선은 이제 청나라 편에 서서 명나라를 공격하는 일에 앞장서야 했습니다. 만주어와 중국어를 할 줄 안다는 이유로 영철은 다시 세 차례나 전쟁터로 파견되었고, 그때마다 전 청나라 주인 아라나의 말을 훔쳐 도망친 일이 들통나 다시 청나라로 끌려갈 뻔했습니다. 때마침 상관들인 영유현 현령과 유림이 대신 말과 담배로 몸값을 지불하여 풀려났습니다.

　하지만 뒤에 김영철은 몸값을 갚아야 했습니다. 그는 전장에서 죽을 위기를 넘기고 적지 않은 군공을 세웠지만 아무런 상도 받지 못하고, 오히려 상관들이 청나라 장수들에게 치른 자신의 몸값을 갚느라고 재산을 다 쓰고도 모자라 친척들의 도움을 빌어 나머지를 간신히 갚았습니다. 그리고 늙어서는 아들들의 병역 의무를 덜어주기 위해서 네 아들과 함께 자모산성에 들어가 성 지키는 일을 했습니다. 그는 중국에 아내와 자식들을 두고 온 일을 평생 괴로워하다가 85세에 일생을 마쳤습니다.

　〈김영철전〉에서 전란이 한 개인에게 미치는 영향은 아주 가혹한 것이었습니다. 명나라와 조선, 청나라 간에 전쟁이 계속되면서 영철은 끝까지 가슴을 졸이며 살았습니다. 김영철은 포로로 잡혀갔다가 다행히 고국으로 돌아왔지만 또 몇 번이나 군대에 가서 몇 년씩 가족과 떨어져 있어야 했고, 얼마 되지 않는 돈도 호조에 다 바쳐야 했기에 가난하게 살았습니다. 작가는 마지막에, 나라에 공을 많이 세운 김영철이 왜 가난하고 힘들게 살아야 하냐며 강하게 문제 제기를 하였습니다.

● 〈김영철전〉을 왜 주목하는가?

〈김영철전〉은 박희병 교수가 처음으로 학계에 소개하였고, 그 뒤로 여러 학자들이 소설의 장르, 작가와 작가 의식, 현실 반영과 주제, 한문본과 국문본 텍스트의 성격 등에 대하여 연구하였습니다. 박희병은 홍세태본을 텍스트로 하여 〈김영철전〉이 전계 소설로서 17세기 동아시아의 전란과 민중의 삶을 그 어떤 소설보다 사실주의적으로 그린 역사 소설로서의 면모를 높이 평가하였습니다. 양승민은 원작 계열의 한문본인 박재연본을 발굴하여 작품 세계를 소개하였고, 권혁래는 박재연본을 텍스트로 하여 〈김영철전〉의 원작가가 김응원임을 밝히고 작가 의식을 고찰하였습니다. 이후로 〈김영철전〉에서 전란과 부부애의 반영 양상, 소설에 그려진 동아시아 공간의 문학지리 등을 연구하면서 작품 이해의 관점이 다양해졌습니다. 김진규는 〈김영철전〉의 포로 소설적 성격을 분석하였고, 서인석과 송하준은 각각 국문본, 한문본 조원경본을 발굴하여 새로운 이본의 내용을 좀 더 구체적으로 분석하였습니다. 이승수는 홍세태본을 텍스트로 하여 갈래적 성격과 독법을 제시하고, 김영철 이야기가 실전(實傳)에서 출발하여 소설로 변모하였을 가능성을 제기하였습니다. 엄태식은 〈김영철전〉이 실제 인물을 주인공으로 한 것이 아니라 허구적 인물을 사실인 듯 묘사하는 애정 전기 소설의 형상화 수법에 의해 창작되었다고 주장하였습니다. 또 작가가 주인공의 건주·등주 결혼 생활을 묘사한 것은 평안도 생활이 얼마나 비극적인가를 보여주기 위한 것이라고 하였습니다.

그동안의 연구를 통해 〈김영철전〉에 대해 다양한 해석이 이뤄져 왔는데, 이중에서 두 가지 정도 흥미로운 점을 소개하고자 합니다.

◉ 〈김영철전〉이 역사와 현실을 담는 방식

첫째, 작가는 전쟁 포로 출신의 주인공이 겪었거나 목격하였던 역사의 현장, 중국의 지리 및 이국적 풍경, 인물 등을 현실감 있게 묘사하였습니다. 김영철은 평안도 중인 출신의 무장입니다. 그는 강홍립 장군의 부하로 참전하여 심하 전투 현장에서 8000명의 조선군이 한날에 몰살당하는 모습을 지켜보았고, 전쟁 포로가 되어 탈출하려다 두 차례나 체포되어 고통을 겪어야 했습니다. 그는 중국 현지에서 두 차례나 결혼했지만, 조국으로 돌아오려는 의지가 강하여 온갖 어려움을 무릅쓰고 산동성 등주, 지금의 펑라이(蓬萊) 항에 정박 중인 조선의 사행선에 몰래 숨어 타 1631년 마침내 귀국하였습니다. 조국에 돌아왔지만, 다시 세 차례나 전쟁에 나가 위험에 처하기도 하고 공을 세우기도 하였습니다.

작가는 김영철의 눈을 통해 강홍립, 김응하, 임경업, 유림 장군 및 그들이 이끌었던 조선군이 어떠한 형세에 있었는지, 영철이 몰래 타고 귀국한 사행선의 정사(正使) 정두원의 모습이 어떠했는지 그려내었습니다. 또한 그가 만난 청 태종, 아라나 장군 및 청나라 장졸들, 명나라 백성들을 통해 명·청 교체기의 중국의 모습이 어떠했는지 등을 흥미롭게 표현하였습니다. 물론 이 모든 것은 소설적인 것이라 실제 사실이 아닐 가능성도 높습니다. 하지만 동아시아 세계와 인물들이 처음으로 소설 안으로 들어왔다는 것만으로도 충분하지 않을까요? 소설가는 역사를 서술하는 사람이 아니고, 자신이 느끼고 깨달은 진실을 묘사하기 위해 허구적인 이야기도 쓰고 상상력을 펼치는 사람이니까요. 〈김영철전〉의 작가는 이 동시대적인 경험을 소설화하기 위해 많은 자료들을 모아 읽고, 경험한 사람들의 이야기를 듣고, 이 모든 장면과 스토리와 사람들의 이야기를 엮어 냈고 상상하였고 묘사하였습니다.

한 예로 김영철이 만난 청 태종의 모습을 묘사한 장면을 보지요. 1641년 중국의 금주 전투에 김영철이 통역관으로 파견되었을 때, 영철의 옛 주인 아라나는 청 태종에게 영철이 예전에 자신의 말을 훔쳐 달아났다며 벌을 주어야 한다고 말합니다. 이때 청 태종은 다음과 같이 말합니다.

청 태종이 남쪽으로 중원을 바라보다가 한참 뒤에야 말을 이었다.

"영철은 본디 조선인으로, 우리 백성이 된 지 6년이고, 명나라 백성이 되어 또 6년을 있었고, 이제 다시 조선 백성이 되었으니, 조선의 백성도 우리 백성이라. 전에 죽음을 무릅쓰고 도망하였다가 지금은 양국 통사가 되어 일하다가 짐에게 와서 알현하니, 이는 우연이 아니로다. 또 그의 장자가 우리 군중에 있고, 둘째 아들은 건주에 있으니, 영철 부자는 모두 짐의 자식들이로다. 저 등주에 있는 두 아들 또한 어찌 짐의 백성이 아니겠느냐? 이자의 일로 말한다면, 짐은 천하를 얻는 일이 멀지 않았도다. 이자에게 어찌 죄를 물을 수 있단 말인가?"

그러고는 아라나에게 말하였다.

"장군은 다시 이자를 괴롭히지 말라. 남아가 한번 한 약속은 천금보다 무겁다."

그러자 아라나의 얼굴에 부끄러운 빛이 있었다. 청 태종이 다시 말하였다.

"영철의 일을 네가 말하지 않았다면 짐이 어찌 알았겠는가?"

이에 아라나에게 비단 열 필을 내리라는 명을 하자 아라나가 크게 기뻐하며 무릎을 꿇고 감사해했다. 청 태종이 영철에게 죽을 먹이고 향기로운 술을 내려 마시게 한 뒤 비단 열 필과 좋은 말 한 필을 하사하였다.

여기 그려진 청 태종과 김영철의 만남이 사실일까요? 사실을 묘사한 것이라면 그것도 흥미로운 장면이지만, 허구적 내용이라 할지라도 그 상상력이 대단하지 않습니까? 사실 여부와 상관없이 우리 고소설에 병자호란을 총지휘했던 청 태종이 위와 같은 모습으로 등장한 것은 정말 뜻밖의 일입니다. 위 장면에서 태종은 영철을 용서하였을 뿐 아니라, 비단 열 필과 말 한 마리라는 큰 상을 내립니다. 명나라와 조선을 자신의 청나라와 단절된 것으로 보지 않으며, 세 나라에 가족을 둔 김영철을 오히려 천하를 얻는 상서로운 징조라며 흔쾌하게 용서하고 상까지 주는 청 태종의 모습은 정말 호방해 보입니다. 작가는 이 장면에서 청 태종을 천하를 경영할 만한 대국의 군주 상으로 그려냈지요. 우리 고소설사에서 전란의 현장과 동아시아 세계를 〈김영철전〉만큼 디테일하게 묘사한 작품은 찾아보기 힘듭니다.

◉ 국가는 왜 공을 세운 군인에게 보상하지 않는가?

둘째, 작가는 김영철의 공로에 대해 아무런 보상도 하지 않은 조정에 대해 날카로운 비판 의식을 드러냈습니다.

작가는 국가에 큰 공을 세운 주인공에게 직속상관인 장수들이나 조정의 대신들이 아무런 보호나 보상도 해 주지 않은 것을 문제 삼고 세세하게 묘사했습니다. 예순이 넘은 나이에 아들들의 군역을 면제받기 위해 사모산성으로 들어간 김영철은 아들들과 함께 20년 넘게 성을 지키다가 죽었습니다. 죽어서야 영철은 평생 짊어졌던 군역의 짐을 벗었습니다. 이 점에 대해 작가는 다음과 같이 말하고 있습니다.

> 그 공은 기록할 만한 정도나 일찍이 손톱만큼의 상도 없었으며, 현령이 말 값
> 을 찾았고 호조는 또한 남초를 은으로 갚도록 독촉하였다. 늙어서는 성을 지키
> 는 졸개가 되어 궁곤하고 억울하게 죽었다. 이리하고서야 천하의 충지 있는 선비
> 를 무엇으로 권면할 것인가?

금주 전투에서 영철의 상관이었던 유림은 영철에게 상을 주기는커녕, 사사로운 일로 앙심을 품고 나라에 큰돈을 갚게 해 영철을 가난의 나락으로 떨어뜨려 버렸습니다. 이게 전공을 세운 부하에게 직속상관이 할 일이겠습니까? 이에 대해 작가는 김영철이 적지 않은 군공을 세웠으나 아무런 상도 없이 평생을 가난하게 살다가 억울하게 죽었다고 한탄하였습니다. 김영철은 부모에게 효를 다하기 위해 타국의 처자들을 버리고 돌아온 인물입니다. 그리고 전장에서도 위험을 마다않고 여러 차례 공을 세웠습니다. 바로 조선 정부가 강조한 '충효'의 도리를 다한 인물인데, 조정에서는 상은커녕 억울하게 생애를 마치게 하였습니다. 작가는 임금을 비롯해서 조선 정부와 장수들이 얼마나 위선적인지를 고발한 것이지요.

작가는 전란으로 인한 가족 이산의 고통과 민생의 힘겨움을 소설로 풀어 썼습니다. 그 과정에서 백성들을 수탈하고 인재를 바로 쓰지 못하며, 또한 공을 세운 이에게 보

상을 제대로 하지 못하는 조선 정치의 무능함과 부패함을 비판한 점은 날카롭고 새롭습니다.

생각해 보면 이 소설은 국가에 대한 문제 제기 말고도, 김영철이 얼마나 부조리한 인생을 살았는지를 비판한 것일 수도 있지 않을까요? 사실, 김영철이라는 인물은 모순적인 사람입니다. 부모님을 위해 처자식을 버리고 몰래 도망친 것이 잘한 일일까요? 박수 치기 힘들지요. 어쩌면 김영철 자신도 효의 명분에 취해 처자식에게 상처를 주었고, 결국 그 대가를 치른 듯합니다. 충과 효라는 윤리와 명분이 가족, 특히 처자식에 대한 사랑에 비해 얼마나 허망한지를 작가 자신이 의식하지 못한 채 글을 쓴 것일 수도 있지요.

다음으로, 몇 가지 점에 대해 생각해 보지요.

● 김영철은 실존 인물일까요?

김영철은 실존 인물일까요? 〈김영철전〉은 전쟁 포로 출신인 김영철의 실제 삶을 형상화한 것일까요?

소설에 의하면, 김영철은 평안도 영유현에서 1600년경 출생하여 스무 살 무렵 전쟁에 나갔다가 포로가 되고, 1631년에 극적으로 고향으로 돌아왔습니다. 1640년에는 임경업 장군의 통사(通使, 통역사)가 되어 이번에는 청나라를 위해 전쟁에 참여했으며, 1659년 이후 평양 근처의 자모산성에서 성을 지키다 1683년 85세의 나이로 생애를 마쳤습니다. 그의 동향 사람 김응원은 영철을 만나 이야기를 전해 듣고 글을 지어 조정에 올렸다고 합니다. 김응원의 상소는 기록에서도 확인됩니다. 《풍천 김씨 족보》에는 김영철의 사적과 함께 김우석·김응원 부자 등의 이름이 기록되어 있습니다. 족보에까지 김영철의 이름이 오른 것을 보면, 김영철이 실존 인물이 아니라고 말하기 어려울 것 같습니다.

그렇다면 소설에 기록된 내용들은 모두 사실일까요? 영철이 후금 땅을 탈출하여 영원성을 거쳐 북경까지 갔다가 산동성 등주로 가 정착하고, 1630년 등주 항에 입항한 조선 사행선에서 고향 친구를 만나서 고향 소식을 전해 듣고 이듬해 그 배를 몰래 타고 귀국했다는 스토리는 사실일까요? 영철이 조선으로 가기 위해 후금 건주에서 평안도 의주 쪽으로 향하지 않고 그 반대 방향으로 갔다는 것을 믿을 수 있을까요? 조선 사신단이 뱃길로 명나라에 간 것은 명·청 교체기인 1617년부터 1636년까지인데, 등주에는 1630년 정두원이 정사로 갔던 사행이 마지막이었습니다. 김영철이 그 사행선을 얻어 탔다는 것이 사실일까요? 이러한 이야기들은 너무나 극적이어서, 기가 막힌 우연이 아니었으면 결코 이뤄질 수 없는 믿기 힘든 이야기입니다. 여러분은 어떻게 생각하시나요?

저는 김영철이 실존 인물이라고 생각합니다. 적어도 1600년경 출생해서 1683년 죽었다는 점, 심하 전투에 출전했고 포로 생활을 하다가 극적으로 조선으로 귀환했다는 점 정도는 사실이 아닐까 합니다. 하지만 중국에서 겪은 많은 일들, 후금과 등주 여인과 두 차례에 걸쳐 결혼하고, 멀리 북경과 등주를 거쳐 조선으로 귀환했다는 점 등은 허구가 개입되었을 수도 있지 않을까 생각합니다. 너무나 극적이어서 믿기 힘들기 때문입니다. 물론 박희병 교수는 "우리의 인생이야말로 늘 우연의 연속"이라고 하면서 〈김영철전〉의 극적 구성도 믿을 만하다고 하였지만 말입니다.

저는 몇 년에 걸쳐 조선의 국경 의주 쪽에서부터 전투의 현장 심하(深河)까지 가 보기도 하고, 다시 거기서 영원성까지의 탈출로를 답사하고, 북경에서 등주에 이르는 길 등을 답사하였습니다. 그 결과, 소설에 묘사된 노정과 지역·경관 묘사는 허구에 가깝다는 것을 알게 되었습니다. 진짜 영철이 그 장소와 그 길을 가 본 사람이라면, 그 이야기를 듣고 작가가 소설을 쓴 것이라면, 그 노정과 도시 묘사가 그렇게 허술할 수가 없지요. 소설의 작가는 실제 인물을 모델로 하여 소설을 창작했을지 모르지만, 소설 내용에는 당시 귀환 포로들의 이야기나 책으로 전하는 이야기들을 참고하여 상상력을 발휘한 내용들이 적지 않게 들어 있지 않을까 추정해 봅니다.

● 김영철은 왜 굳이 다시 조선에 돌아왔을까요?

김영철은 지금의 만주 지역에서 포로 생활을 하다가 아내를 얻어 자식을 낳고 가족을 이루었습니다. 그는 만주족 출신의 아내와 아들 둘을 낳고 살뜰한 정을 나누며 살고 있었습니다. 거기서 살았어도 좋았을 텐데 그는 목숨을 걸고 명나라로 탈출하였습니다.

영철의 두 번째 아내는 젊고 아름답고 현숙한 여인이었습니다. 게다가 남편을 정말 사랑하고, 시부모의 초상화를 그려 놓고 아침저녁으로 절을 올리는 현모양처였지요. 아들 둘이 있었고, 명 정부가 정착금을 주었고, 현지 돈벌이도 괜찮았습니다. 거기 사는 게 더 좋지 않았을까요?

그는 두 명의 아내와 사랑스러운 아들들을 뒤로하고 조선으로 돌아왔습니다. 부모에 대한 효, 후손을 잇고 조상의 제사를 모시는 것이 그렇게 중요한 것일까요? 이것이 당시의 효 관념이었거나, 작가가 효를 이념적으로 강조하고 싶었기 때문일 수도 있습니다. 조선 시대의 가족 관념은 오늘날과 달리 부모에 대한 효가 처자식 사랑보다 더 중요했던 모양입니다. 아니면 작가가 그런 생각에 물든 사람이라서 그렇게 이야기를 만들었을 수도 있겠지요.

한번 생각해 봅시다. 여러분은 김영철의 효행과 귀국을 칭찬할 것인가요, 아니면 만주나 등주에 남아서 처자식과 잘 사는 것이 더 낫다고 생각하나요?

〈김영철전〉은 한문본으로 홍세태본, 박재연 소장본, 국문본으로 나손 소장본, 서인석 소장본 등 여러 이본이 전합니다. 이 책은 그중 가장 원작과 가깝다고 여겨지는 박재연 소장본을 텍스트로 해서 번역하고 풀어썼습니다.

충과 효, 그 뒤에 남은 것은?

◉ 소설의 주인공 김영철은 세 번 결혼했습니다. 후금에서 한 번, 명나라에서 한 번, 조선에 돌아온 뒤에 한 번. 그중에서 가장 행복했던 결혼 생활은 언제였을까요?

◉ 영철은 부모님께 효도를 다하기 위해 조국으로 돌아왔다고 했습니다. 그러나 대신 에 후금과 등주에서는 처자식과 생이별을 해야 했습니다. 그렇다면 영철은 왜 조선 으로 돌아왔을까요?

● 영철은 조선에 돌아온 뒤에 다시 전쟁에 나가야 했고, 그때마다 큰 공을 세웠습니다. 하지만 그는 아무런 상도 받지 못했고 평생 가난하게 살아야 했습니다. 영철이 마땅히 받아야 했던 상은 무엇일까요? 왜 그는 상을 받지 못했을까요?

● 청 태종은 우리 민족에게 병자호란의 고통을 준 인물입니다. 작가는 어떤 점에서 청 태종을 긍정적인 모습으로 그렸을까요?

● 건주에 남은 영철의 가족, 등주에 남은 영철의 가족은 어떻게 살았을까요?

● 〈김영철전〉, 〈최척전〉은 전쟁을 배경으로 한 작품들입니다. 이 소설들을 읽고 슬픈 것, 기쁜 것, 아름다운 것을 떠올려 보고 말해 봅시다.

참고 문헌

권혁래, 《최척전·김영철전》, 현암사, 2005.

권혁래, 〈《김영철전》의 작가와 작가 의식〉, 《고소설연구 22》, 한국고소설학회, 2006.

권혁래, 〈17세기 동아시아 전란의 소설적 수용 양상 – 〈김영철전〉에 그려진 부부애의 성격을 중심으로〉, 《고소설연구 26》, 한국고소설학회, 2008.

박희병, 〈17세기 동아시아의 전란과 민중적 삶〉, 김학성·최원식 외, 《한국 근대문학사의 쟁점》, 창비, 1990.

박희병·정길수, 《전란의 소용돌이 속에서》, 돌베개, 2007.

서인석, 〈국문본 〈김영텰뎐〉의 이본적 위상과 특징〉, 《국어국문학 157》, 국어국문학회, 2011.

송하준, 〈새로 발견된 한문 필사본 〈김영철전〉의 자료적 가치〉, 《고소설연구 35》, 한국고소설학회, 2013.

양승민·박재연, 〈원작 계열 〈김영철전〉의 발견과 그 자료적 가치〉, 《고소설연구 18》, 한국고소설학회, 2004.

엄태식, 〈《김영철전》의 서사적 특징과 서술 시각〉, 《한국고전연구 24》, 한국고전연구학회, 2011.

이승수, 〈《김영철전》의 갈래와 독법 – 홍세태의 작품을 중심으로〉, 《정신문화연구 30–2》, 한국학중앙연구원, 2007.

국어시간에 고전읽기 25

김영철전, 먼 길 돌고 돌아 고향 땅에 닿았으나

1판 1쇄 발행일 2017년 9월 25일
1판 2쇄 발행일 2024년 5월 13일

기획 전국국어교사모임
지은이 권혁래 박재연 양승민
그린이 윤봉선

발행인 김학원
발행처 (주)휴머니스트출판그룹
출판등록 제313-2007-000007호(2007년 1월 5일)
주소 (03991) 서울시 마포구 동교로23길 76(연남동)
전화 02-335-4422 **팩스** 02-334-3427
저자·독자 서비스 humanist@humanistbooks.com
홈페이지 www.humanistbooks.com
유튜브 youtube.com/user/humanistma **포스트** post.naver.com/hmcv
페이스북 facebook.com/hmcv2001 **인스타그램** @humanist_insta

편집책임 문성환 **편집** 윤무재 **디자인** 김태형 유주현 림어소시에이션
스캔·출력 이희수 com. **용지** 화인페이퍼 **인쇄** 청아디앤피 **제본** 민성사

ⓒ 권혁래·윤봉선, 2017

ISBN 979-11-6080-081-4 44810

• 이 책은 저작권법에 따라 보호받는 저작물이므로 무단 전재와 무단 복제를 금합니다.
• 이 책의 전부 또는 일부를 이용하려면 반드시 저자와 (주)휴머니스트출판그룹의 동의를 받아야 합니다.